SI BELLES EN CE MOUROIR

MARIE LABORDE

SI BELLES EN CE MOUROIR

Édition revue et corrigée par l'auteure

Éditions Les Pérégrines

L'éditeur de cet ouvrage s'engage dans une démarche de certification FSC® qui contribue à la préservation des forêts pour les générations futures.

Pour en savoir plus :
www.editis.com/engagement-rse/

ISBN : 978-2-266-32307-9
Dépôt légal : juin 2022

I

Biarritz Bonheur

1

Sa chute ne fut pas due à un vertige, comme les gendarmes l'ont cru. Je l'ai poussé, il a hurlé « aaaaah ! » et quatre étages plus bas… *splatch !* Mort sur le coup.

Aucun soupçon n'a pesé sur moi.

J'avais alors cinquante-cinq ans – il n'est jamais trop tard pour mal faire, dirait ce vieux schnock de Verdier et, en l'occurrence, il n'aurait pas tort, car trente ans après je me félicite encore d'avoir, par ce geste exemplaire (n'ayons pas peur des mots), contribué à venger les pauvres idiotes qui se sont mariées à des Princes charmants en s'imaginant devenir Princesses, et puis…

Comme ces idiotes, j'ai épousé un Prince charmant, comme elles, j'ai assisté à la métamorphose du Prince en crapaud, comme elles, mes rêves de petite fille ont été emportés dans le fleuve des larmes intarissables et des regrets amers. Au moins je l'ai tué, et le conte de fées a pu se conclure *pour toujours et à jamais* par un happy end digne de ce nom.

Mon seul regret est de l'avoir tué trop gentiment. J'eusse aimé lui arracher les ongles à la tenaille, l'énucléer à la pince-monseigneur, fracasser son sourire à coups de marteau, débiter son zob en rondelles de saucisson et, pour finir, l'abandonner aux sévices de ce psychopathe de Stephen King qui, à l'époque, divertissait mes sombres ruminations d'épouse maltraitée – « Ah ! Bonjour Cruella ! » s'écriait à mon entrée la libraire, qui connaissait ma prédilection pour les polars remplis d'épouvante et d'horreurs.

Post-scriptum : confession n'est pas repentance. Je ne me repens pas de mon crime, au contraire, je me délecte à la perspective de ressusciter l'assassiné dans ce cahier, pour le plaisir de le tuer derechef par le pouvoir de mon stylo magique. Abracadabra Bic ! Crève, crapaud, crève, tu n'as pas assez crevé !

2

Deux jours plus tard, après relecture de la page qui précède

Ce que je viens de lire n'est pas le commencement que j'avais conçu dans ma tête, imaginé, élaboré, pensé et repensé et tant et si bien fignolé qu'après plusieurs jours de cogitations j'étais parvenue à un texte parfait. Il ne restait qu'à le coucher sur du papier. Alors, entre le déjeuner et la partie de Scrabble, dans ce moment de paix relative où le personnel soignant fume dans la salle de repos et où Gisèle Grandpied fait sa sieste *sans ronfler* (elle ne ronfle que la nuit), j'ai ouvert mon cahier neuf et… à moi la page blanche ! Mais voilà que, sous la férule de mon Bic qui cavalait le long des lignes, un commencement tout à fait différent du commencement parfait que j'avais si bien cogité s'est écrit… sans moi. Oui, sans moi. Non, ce *splatch !* si vulgaire ne peut pas être de moi. J'ignore qui l'a écrit.

D'où les questions qui ont tourbillonné dans la nuit, une de ces interminables nuits d'insomnie traversées par des pensées qui vous arrivent comme des météores du fond de la galaxie, genre : « Tu ignores encore qui tu es ? À ton âge ? » Ou : « L'être humain est-il voué à disparaître sans avoir jamais su qui il était et ce qu'il faisait sur cette terre ? »

Il faut dire qu'ici, on pense énormément. Faute de vivre une vie qui mérite le nom de « vie », on pense, on pense, puis on ne sait plus ce qu'on pense, puis on finit par ne plus rien penser du tout.

Mais qu'on se le dise : l'insignifiante petite mémé de quatre-vingt-cinq ans qui, à la vitesse d'un escargot, se traîne avec son déambulateur dans les couloirs de la Résidence, en son for intérieur, quoi qu'il en soit, se réjouit, exulte, pète de fierté d'avoir tué cet enfoiré.

3

L'idée d'écrire date du jour où Marie-Thérèse a reçu la visite de son arrière-petit-fils, un jeune homme de douze ans, qui porte sa casquette devant derrière. Quand il sera grand, il sera *game designer*, astronaute ou milliardaire, il hésite. La vieillesse qui croupit entre ces murs l'a reçu avec la considération qu'on doit à la jeunesse. Lui a poussé le fauteuil de sa vénérable aïeule comme s'il faisait du freestyle, avec des ziouf ! ziouf !, affolant Gisèle Grandpied qui criait : « Attention ! Oh là là ! Il va nous la tuer ! » Marie-Thérèse était aux anges. On riait. Notre équipage avait mis le cap sur le distributeur de boissons qui est au bout du couloir, à l'entrée du « lieu de vie », le jeune homme ayant soif et envie de boire une cochonnerie américaine.

« C'est ici que nous prenons nos repas et que nous jouons au Scrabble, le salon-salle à manger de notre palace, regarde ! » lui a dit Marie-Thérèse.

Il a sifflé « Hashtag l'ambiance ! » avant de canonner une bordée de mots indistincts (il n'articule pas et, quoiqu'il m'en coûte de l'admettre, je deviens dure d'oreille), parmi lesquels j'ai cru entendre « Cruella ».

Avec le recul je pense qu'il a dit « Nutella », mais sur le moment j'ai entendu « Cruella » et, telle une éruption volcanique jaillissant des entrailles de la terre, la période des polars de Stephen King est remontée des oubliettes où elle était reléguée. Et, conséquence inattendue d'un enchaînement karmique de causes et d'effets, j'ai été prise du désir impérieux d'avouer le secret que je tais depuis trente-cinq ans. Non point de le confesser à une personne physique, ça non, ça jamais, pas folle la guêpe, je ne tiens pas à finir mes jours en prison, mais de le confier à un cahier. Après quoi je le glisserais dans une enveloppe portant la mention *À lire après ma mort*. Puissent alors mon crime être reconnu dans toute sa beauté et mon nom figurer dans Wikipédia à l'article consacré au combat héroïque des femmes contre les pervers narcissiques dont elles sont la proie !

On pense… On rêve… On fantasme…

J'ai demandé au petit jeune homme si, moyennant dix euros de récompense pour le dérangement, il aurait la gentillesse de faire pour moi une course à la supérette qui se trouve en bas de la côte séparant la Résidence du reste de l'humanité. Il a fait « Waouh ! », visiblement ravi de gagner dix euros pour aller prendre l'air. Il m'a rapporté le cahier à spirale sur lequel j'écris, le Bic à encre bleue qui gigote en ce moment même entre mes doigts, le *P'tit Basque* (journal local) et deux boîtes de Mon Chéri – petits chocolats à la cerise dont je raffole, dégueulasses sur le plan diététique et nutritionnel, mais affreusement délicieux. J'ai planqué l'une des deux boîtes au fond de la penderie, dans ma valise. L'autre est là, devant moi, qui me fait ses yeux chocolat…

J'écris dans ma chambre, sise dans une résidence médicalisée pour personnes âgées, la Résidence Biarritz Bonheur – authentique ! Un nom pareil pour désigner ce sinistre dépotoir à vieilles carcasses, ça ne s'invente pas. En ce qui me concerne, je n'y séjourne pas en mode terminus comme cette chère Marie-Thérèse, du moins je l'espère, mais temporairement, pour rééducation après fracture du col du fémur. Classique. Je ne m'étendrai pas sur le sujet, parce que du matin au soir la petite santé de papi, la petite santé de mamie, ça suffit, merci. Je… *(Interruption)*

4

Souvenirs, souvenirs…

Nous sommes le 22 mars 1985 et c'est le jour de mon anniversaire. Cinquante printemps. Un demi-siècle. En me réveillant, j'ai pensé : Bonjour vieillesse ! et je me suis vue abordant le dernier virage avant la ligne droite qui mène au cimetière. Déjà le fossoyeur crachait dans ses mains et empoignait une pelle pour creuser le trou de ma tombe. « J'arrive ! » lui criais-je à la portière du corbillard, d'où je saluais mes amis : « Allez, allez, assez pleuré, y a plus rien à dire, circulez voyons, zou ! Et vous, messieurs les croque-morts, ne traînons pas, milady Vermine m'attend. En route mauvaise troupe ! »

Aujourd'hui, près de trente-cinq ans plus tard, à l'aune de mes quatre-vingt-cinq printemps, agrippée à mon déambulateur comme au radeau de la Méduse, je réalise qu'à cinquante ans, on est encore jeune. Très jeune. On est dans l'enfance de la vieillesse. La petite enfance, même.

Dix ans auparavant, par un autre beau jour de printemps, c'est à Léo que j'avais dit adieu et c'est à lui, son père chéri, que Lou-Ann envoyait des baisers derrière la vitre du train qui nous emportait à sept cents kilomètres de Paris, en Aquitaine, au cœur des Landes où se trouvait, se trouve toujours, la scierie de feu mon oncle Émile dont je fleuris la tombe chaque semaine avec dévotion.

Reconnaissance éternelle à mon oncle bien-aimé d'avoir fait de moi son héritière.

Quand le miracle de cet héritage m'a sauvée, j'étais en perdition. Ruinée. Désespérée. Chaque nuit je trempais de larmes mon oreiller en fustigeant mon idiotie. Pourquoi j'ai épousé Léo, pourquoi ? Je le haïssais. Je le maudissais. Je lui souhaitais ce qu'il y a de pire. Je le tuais. Je l'ai tué mille fois – en rêve, est-il nécessaire de le préciser, parce que dans la réalité je respectais la vie, même une mouche, aussi exaspérante fût-elle, je ne l'aurais pas écrasée.

Pendant dix ans j'ai travaillé dur. La pauvre fille sans le sou que j'étais en arrivant dans les Landes est devenue une cheffe d'entreprise prospère. Et en même temps, j'ai profondément *travaillé sur moi*, comme on dit, afin de me libérer des pensées obsessionnelles, des bouffées de désespoir et des pulsions de meurtre que j'avais emportées dans mes valises avec les mauvais souvenirs de mon mariage. J'ai lu, réfléchi, fréquenté le cabinet d'un psy et expérimenté la plupart des techniques de bien-être venues d'Orient ou de Californie que la vague New Age avait importées à proximité de mon domicile. Les bénéfices de mes expériences se sont additionnés à ceux de la distance (loin des yeux loin du cœur), du temps qui efface sur le sable les pas des amants désunis et de l'assurance que procure l'aisance financière. Dix ans plus tard, j'avais atteint sinon le nirvana, du moins une certaine zénitude. Désormais sans haine ni rancœur, je voguais sur le fleuve tranquille d'une existence apaisée lorsque, ce 22 mars 1985, en pleine célébration au champagne de mon anniversaire, le téléphone a sonné. J'ai décroché : Léo.

En quelques minutes de conversation, ma zénitude a volé en éclats. Le téléphone à l'oreille, je suis sortie de mon corps, je me suis dédoublée et je me suis *vue* le regardant crever à mes pieds – non sans avoir opportunément mêlé à son gâteau préféré un poison coréen fatal qui expédie la victime *ad patres* dans d'atroces souffrances. Il fallait voir l'enthousiasme avec lequel il avait mordu dans sa religieuse au café et, quelques secondes plus tard, comment il hurlait, suppliait, se traînait à mes pieds : « Pitié ! Pardon ! Pitié ! » Qu'il est bon de rêver !

Je lui ai raccroché au nez.

« Qu'est-ce qui te fait rire, maman ? » a demandé Lou-Ann, que je n'avais pas entendue arriver dans mon dos. « Rien, rien. » Je ne pouvais décemment pas lui répondre que je riais à l'idée de tuer son père chéri adoré.

Bien que séparés depuis dix ans, nous restions officiellement mariés. J'avais voulu divorcer mais il s'y était opposé. « Je n'ai qu'une parole, je l'ai donnée devant monsieur le maire, je ne la reprendrai jamais », disait-il. Sa parole ! Ça aurait pu être comique s'il y avait eu de quoi rire, mais hélas ! Enfin, l'essentiel était acquis. Le carcan de l'attelage conjugal, les infidélités du Prince, les mensonges du Prince, les exigences, les reproches, les insultes, les ronflements de goret, les chaussettes sales du Prince et tout ce qu'il faut supporter pour éviter que le purgatoire de la vie quotidienne ne se transforme en enfer, j'en étais délivrée. Certes, il ne versait pas un sou de pension alimentaire, ne parlait jamais de me rembourser les sommes astronomiques qu'il me devait et, lorsque Lou-Ann *montait* à Paris pour le rejoindre, c'était encore moi qui payais. Mais je ne récriminais plus, je ne réclamais plus rien, la tranquillité de l'âme n'a pas de prix. Le seul désagrément qu'il me fallait encore supporter était d'avoir à entendre parfois le son de sa voix. Car il téléphonait à sa fille plusieurs fois par semaine, en principe toujours aux mêmes heures, mais de temps à autre, comme ce jour-là, à une heure inattendue. Je décrochais sans me méfier et me trouvais alors dans l'obligation d'échanger quelques phrases avec lui. Je faisais avec. Avec l'âge on ne demande plus la lune.

Il était acteur de cinéma et poursuivait à Paris une carrière de séducteur professionnel cantonné aux seconds rôles dans des navets de premier ordre… mais un jour, je verrais, il serait en haut de l'affiche, riche et célèbre, tsoin-tsoin. Je faisais semblant d'y croire et de le plaindre chaque fois qu'il mordait la poussière. La justice immanente semblait être de mon côté, elle lui refusait de réussir et je me réjouissais en secret des échecs répétés qu'elle lui infligeait. Mais il ne manquait pas de persévérance, je l'admets. Pendant des années, il s'est accroché et peu à peu il a grimpé l'échelle du succès. J'entendais maintenant qu'on lui donnait des rôles de plus en plus intéressants, assortis de cachets qui renvoyaient à la préhistoire le temps où il ne gagnait même pas de quoi payer ses notes de pressing, époque inoubliable de notre mariage où, toujours fauché et néanmoins grand prince, il invitait avec prodigalité ses relations, amis et conquêtes dans les lieux branchés où *il faut* se montrer lorsqu'on cherche à percer dans les professions du paraître. Ma carte bleue, qu'il avait faite sienne (ce qui était à moi était à lui), réglait des notes astronomiques de fringues de marque, de restaurants étoilés, de champagne, de week-ends à Londres, de boîtes de nuit et de taxis. Il me revenait d'assumer les découverts bancaires et de me ronger de souci, de chagrin et de nuits sans sommeil. Je concentrais ma volonté pour montrer bonne figure à notre petite fille, mais j'ai déraillé dans mon travail (j'étais interprète de conférence). Deux prestations calamiteuses de trop et j'ai été virée. J'ai sombré dans le désespoir tandis que Léo surfait sur les plaisirs de la vie d'artiste, faisait le paon toutes les nuits et continuait à mener un train de star sur le compte de ma carte bleue.

Il a pris tout ce qu'il pouvait prendre, il m'a sucé le sang, il m'a arnaquée, a dilapidé l'argent de la vente de mon appartement, m'a laissée sans rien et j'étais véritablement à la rue lorsque par miracle j'ai hérité de mon oncle. Pourquoi, mais pourquoi je n'ai pas quitté ce crapaud plus tôt ? Ça… *(Interruption)*

5

Ici, on ne frappe pas avant d'entrer, non, on fait *toc* d'un coup sec et la porte s'ouvre à la volée, livrant passage à une blouse rose très pressée, très énervée et très susceptible. Un conseil : mieux vaut supporter avec philosophie ses mauvaises manières pour ne pas se la mettre à dos, sinon…

Ils et elles s'arrogent le droit de pénétrer dans notre chambre sans notre assentiment quand bien même nous sommes en train d'écrire sur notre cahier, quand bien même nous souhaitons ne voir personne, quand bien même nous dormons, quand bien même nous nous habillons ou déshabillons, notre pitoyable nudité exhibée à tout venant tel un morceau de barbaque à l'étal de la boucherie. L'intrus, ou l'intruse, ne s'excuse pas de nous déranger, ne s'excuse jamais de sa grossièreté.

Nous payons cher, d'avance et rubis sur l'ongle, les tarifs rédhibitoires de notre hébergement. Les dépotoirs à vieux, telle notre Résidence, aimablement dénommés « établissements d'hébergement pour personnes âgées », se gobergent sur notre dos sans le moindre scrupule en faisant main basse sur nos retraites, nos économies et, si besoin, notre patrimoine. Les vieux couillons que nous sommes reçoivent-ils en échange un minimum d'attention ? Un minimum de courtoisie ? Un minimum de respect ? Que nenni. Ces dames et ces messieurs du personnel médical vous expliqueront qu'ils manquent de moyens. Or de nos jours, le respect, la bienveillance et la courtoisie se paient : il faut de l'argent pour être civilisé, sans argent on est forcément irrespectueux, malveillant et grossier, n'est-ce pas ? Il est vrai que pour assurer aux actionnaires des dividendes attractifs et dégager des marges phénoménales pour les propriétaires (qui comptent parmi les plus grosses fortunes de France), ce ne sont pas les seuls résidents qui sont pressurés comme des citrons : les employés sont sous-payés, surexploités, surchargés de travail et, somme toute, *obligés* de maltraiter les résidents.

« L'argent n'a pas d'odeur, a dit Grandpied.

— L'argent n'a pas d'honneur », a rectifié Marie-Thérèse.

P.-S. : La blouse rose très pressée très énervée se nomme mademoiselle Claudie, aide-soignante et garde-chiourme, à qui j'ai affaire chaque jour. Elle n'y est pour rien si elle est odieuse – la faute aux chefs, la faute au système, la faute au planning, la faute à son bas salaire et, bien entendu, la faute aux résidents, pour la plupart *des emmer*... (elle ne termine pas le mot) *de première*.

6

Je m'apprêtais à poursuivre le récit du coup de téléphone de Léo en ce fameux jour de mes cinquante printemps et je réfléchissais aux premiers mots que j'allais écrire en suçotant le bout de mon Bic, lorsque devant moi s'est dressée une idiote de trente-trois ans, pourtant assignée à résidence dans les caves de ma mémoire avec mes souvenirs indésirables. Je ne veux pas penser à elle. Je ne veux pas. *Vade retro !*

J'ai mangé quatre Mon Chéri d'affilée. On dit que le chocolat est bon pour les neurones. Peut-être. Quoi qu'il en soit, le fantôme de cette idiote est toujours là. Et je sens qu'au lieu de m'obéir comme le vulgaire bout de plastique qu'il est, monsieur Bic s'apprête encore à me désobéir.

J'ai trente-trois ans. La vie me sourit. Mon travail d'interprète de conférence est épatant. J'ai affaire à des hommes politiques de premier plan, des ambassadeurs, des ministres, des chefs d'État. Je suis très bien payée, je voyage en première classe, je descends dans des palaces, on me respecte, on m'apprécie, on me recherche, on m'invite, on m'offre des fleurs. À Paris, dans l'appartement que je possède, rue de Seine, deuxième étage, je dors dans les bras de David. Il est avocat. Quand il me présente, il dit tendrement : « Ma fiancée… »

Je ne me rends pas compte de mon bonheur. Je veux plus. J'ai envie d'autre chose. De quoi ? Je ne sais pas. Autre chose. Cette chose que je ne saurais décrire s'interpose entre David et moi, occupe de plus en plus de place, nous éloigne l'un de l'autre. Nous nous perdons de vue. L'idiote est mûre pour faire la plus grosse bêtise de sa vie.

Deux Mon Chéri d'un coup.

David et moi prenons notre petit déjeuner, en cette septième année fatidique d'une histoire d'amour qui fait naufrage. Dans le silence mélancolique des couples usés, chacun s'abîme dans ses pensées. David fume. Je revois la scène dans ses moindres détails, jusqu'au pot de confiture d'orange amère que je n'ai pas refermé. Un coup de sonnette nous fait sursauter. *Driiing !* Et voilà. Le sort en est jeté. Le destin vient de sonner à la porte de l'appartement (il n'y a pas d'interphone au bas de notre immeuble, qui n'est pas encore bunkerisé).

David et moi on se regarde. On n'attend personne. J'y vais.

Un jeune homme se tient sur le palier, un bras appuyé au chambranle, la tête légèrement inclinée comme James Dean dans *À l'est d'Éden* – il ressemble à James Dean par l'attitude, mais pour les traits, les cheveux, le sourire, c'est plutôt Alain Delon. Un tee-shirt noir moule son torse plat et musclé. Il sourit de toutes ses dents magnifiques. Son regard d'émeraude ensorcellerait une statue de pierre. Je suis scotchée.

Du fond des âges, la beauté a traversé l'humanité pour sonner à ma porte.

Le Prince charmant va m'enlever sur son destrier blanc, *tagada tagada*, envoyé par la Reine des fées…

Léo.

L'amour m'a foudroyée.

« C'est ici le cours de chant ? »

Il s'était trompé d'étage.

Une erreur à la base, en quelque sorte.

(Interruption)

7

Hier, la voix cristalline de Marie-Thérèse a interrompu les entrechats de mon Bic. Il virevoltait de ligne en ligne tel un danseur étoile sur la scène de l'Opéra de Paris et, je le crains, il était sur le point de raconter un souvenir d'amour plus cucul la praline tu meurs : mon Prince et moi (l'idiote de trente-trois ans) écoutant Jimi Hendrix et nous murmurant que nous nous aimions, que nous nous épouserions, que nous aurions de beaux enfants, que nous serions heureux à jamais… (Aujourd'hui ce souvenir me soulève le cœur, d'autant que je viens de terminer la boîte de Mon Chéri – je n'en mangerai jamais plus un seul de toute ma vie, je le jure sur la tête de mademoiselle Claudie, beurk.)

« Alexandrine ! On vient vous chercher ! C'est l'heure du Scrabble ! Vous faisiez encore votre Victor Hugo, je parie. *(Me tançant de l'index)* Ah, depuis que vous avez ce cahier !

— Je vous en prie, entrez, Majesté, je mets mes chaussures et je suis à vous comme la sardine est à l'huile. »

J'ai rangé mon cahier dans le tiroir de ma table de nuit.

Marie-Thérèse est la plus délicieuse centenaire qui se puisse imaginer. Enfin, elle n'a encore *que* quatre-vingt-dix-neuf ans. Nous fêterons ses cent ans dans quelques semaines.

Les chapeaux et les corgi mis à part, Marie-Thérèse est notre reine d'Angleterre. Précédée et suivie d'une délicieuse fragrance de violette, elle se tient dans son fauteuil roulant comme sur un trône, avec une dignité véritablement royale. Une mousse de cheveux neigeux encadre son visage poudré, un rang de perles fines souligne l'encolure de son pull bleu layette, des boucles d'oreilles en forme de goutte d'eau se balancent quand elle remue la tête. Elle est à croquer. Dans ces lieux sinistres, sa présence adorable est un réconfort – moins sinistres que la plupart des lieux réservés aux vieux et aux vieilles ayant besoin d'un lit pour supporter les infortunes de leur fin de vie, je sais, je sais, mon kiné me le répète à chaque séance comme un disque rayé.

Elle entre, l'œil malicieux, poussée par Gisèle Grandpied, la vieille fille en noir qui loge dans la chambre 202, contiguë à la mienne, et dont les ronflements transpercent la cloison de papier à cigarette qui nous sépare – bonjour la musique de chambre. Malgré mes difficultés à me mouvoir, je me lève parfois pour frapper la cloison à coups de pantoufle. Je l'étranglerais. Comment cette maigrichonne à la poitrine creuse parvient-elle à émettre cet assourdissant bourdon d'orgue de cathédrale ? Mystère. Je déteste les ronfleurs : la journée ne leur suffit pas à nous enquiquiner, il faut qu'ils nous prennent le chou pendant la nuit aussi. Léo ronflait, maintenant j'ai Grandpied. Un jour, je lui ai dit : « Vous devriez vous appeler Gisèle Grosnez plutôt que Grandpied. » Et elle : « Dites-le à mon ancêtre. » Sans rire. Elle se targue *sérieusement* de descendre de Charlemagne par la mère d'icelui, la fameuse Berthe au grand pied – qui l'avait bot plutôt que grand, tandis que Gisèle a des pieds normaux mais immenses : deux battoirs à l'extrémité des deux allumettes qui lui servent de jambes. Verdier la compare à Olive, la femme de Popeye. Il dit qu'elle est « complètement zinzin », qu'elle est « perchée », qu'elle est « frappadingue », que son histoire de chien lui a fait « péter un câble », que c'est définitif, qu'elle ne s'en remettra jamais.

Pauvre Gisèle !

Elle a vendu sa maison parce que son chien a été tué, plus exactement *assassiné* par un voisin. Entre cette tragédie et son intégration à la Résidence, elle a fait plusieurs tentatives de suicide et un séjour en hôpital psychiatrique. Maintenant, elle est guérie, mais affectée d'une sensiblerie pathologique à l'égard des animaux, des chiens en particulier. Si elle voit à la télé un chien qui lui rappelle le sien, elle fond en larmes, tire de sa poche une photo de son Dagobert, qu'elle couvre de baisers. « Je ne t'ai pas oublié mon chéri, tu es toujours dans mon cœur, maman ne t'oubliera jamais. » Elle se mouche, s'essuie les yeux, sanglote, hoquette : « J'ai aimé mon chien plus que papa et maman, snif, snif, je l'aime encore, je l'aimerai toujours, snif, snif, je porterai son deuil jusqu'à ma mort… » Une image de chien maltraité peut provoquer chez elle une déflagration émotionnelle incontrôlable. Elle peut aussi s'enflammer comme une torche contre le gavage des oies, les poulaillers concentrationnaires, les abattoirs indignes, la corrida, la chasse aux palombes, la chasse à courre, les labos qui testent leurs produits sur les souris, la ferme des mille vaches, l'élevage hors sol des porcs, le braconnage des rhinocéros, èque cétéra, èque cétéra, la liste de ses indignations étant aussi longue que celle des cruautés dont l'homme est capable envers nos amis les bêtes. Pour autant, je remarque qu'elle mange sans remords du poulet, du bœuf et du cochon. Enfin elle fait comme elle veut. Je ne la déteste pas, non, au contraire, je l'aime bien, mais elle a le don de m'exaspérer. En ce moment tout particulièrement elle m'exaspère, elle m'exaspère, elle m'exaspère. C'est dit. Ça soulage. Revenons à Marie-Thérèse.

Notre bientôt centenaire pourrait se dispenser de fauteuil roulant, elle pourrait marcher avec l'appui de sa seule canne si elle le voulait, mais elle ne le veut pas. Sauf dans le parc où elle aime faire quelques pas, elle trouve plus rigolo de circuler en fauteuil et de se faire pousser, ce qui, entre autres plaisants avantages, a celui d'*enchoser* Hernandez (je croyais que le verbe « enchoser » était un néologisme n'appartenant qu'à elle mais j'ai découvert ce matin qu'il figure dans le Wiktionnaire !).

Chaque dimanche, Henri Hernandez vient la chercher pour la conduire à l'autre bout de Biarritz, du côté de la plage d'Ilbaritz, dans la vaste et belle maison où il demeure avec son épouse Lydie et où l'incontournable volaille rôtie du dimanche attend de régaler

Marie-Thérèse. Il la ramène à la Résidence entre quatorze et quinze heures et la laisse plus triste qu'un chien abandonné sur le bord de la route, les yeux brillants de larmes contenues.

Ces dimanches ont pourtant pour elle deux bons côtés : un, la nourriture, excellente, et deux, le spectacle – que Marie-Thérèse savoure sans se lasser – de son gendre bataillant avec le fauteuil, serrant les mâchoires, suant, ahanant et jurant pour le plier et le déplier, le soulever, le faire entrer dans la voiture, le sortir en arrivant chez lui, le rentrer après le déjeuner et le ressortir au retour à la Résidence – Hernandez et Madame sont trop pingres pour acheter à Marie-Thérèse un fauteuil moderne, confortable et aisément maniable, elle utilise donc un des fauteuils de la Résidence, une antiquité du siècle dernier. Le meilleur moment est celui où Lydie vient aider son mari. Une, deux, trois, ils soulèvent Marie-Thérèse avec son fauteuil et, soufflant *comme une paire de bœufs à l'attelage*, montent les marches du perron. Et après le déjeuner, les redescendent. Marie-Thérèse nous le raconte en riant de bon cœur et elle conclut : « Voyez, il ne m'en faut pas beaucoup. »

Elle mange avec ses vraies dents, lit sans lunettes, s'habille, se déshabille et se lave sans l'aide de quiconque. Ses seules prothèses sont auditives. Elle les débranche lorsqu'elle préfère rester sourde, par exemple pour ne pas entendre mademoiselle Claudie jacasser telle une pie, de l'instant où elle entre dans votre chambre jusqu'à celui où elle en sort.

Respect pour cette belle dame qui conserve, à son âge canonique, une aussi remarquable santé physique et mentale.

« Ça prouve que vous avez une bonne nature et que vous avez bien mené votre vie, lui disais-je l'autre jour. Pas comme moi ! Vous avez toujours su faire les bons choix, vous, chapeau !

— Ne le croyez pas, Alexandrine. Je finis sur une grosse erreur. Une grosse. Grosse. Grosse erreur. »

Je suppose que cette erreur a un rapport avec Hernandez et Lydie, mais de quoi s'agit-il précisément ? Je n'en sais rien et je ne lui ai pas posé la question.

Elle a eu deux enfants : un fils à jamais regretté, Marcel, décédé dans un accident de voiture, et Lydie, aujourd'hui âgée de soixante-cinq ans et mariée à Henri Hernandez depuis quarante ans. « Ils sont bien assortis, dit Marie-Thérèse, surtout pour le pognon. »

Je n'ai jamais vu Lydie et pour cause : elle n'a jamais mis les pieds à la Résidence, pas même une fois pour voir à quoi ressemble la chambre de sa mère. Je sais seulement que le mardi soir elle reçoit à dîner le gratin biarrot, qu'elle fait partie du Lions Clubs, qu'elle sacrifie parfois son jeudi après-midi, normalement consacré à ses activités de femme entretenue qui a de l'argent à dépenser en shopping, coiffeur et esthéticienne, pour se rendre à la Croix-Rouge et distribuer des colis alimentaires aux plus *démunis*. « Elle fait sa sœur Emmanuelle quand ça ne lui coûte pas un sou », dit Marie-Thérèse.

Henri Hernandez est une figure biarrote, un notable – architecte, premier adjoint au maire, président du club de rugby, membre honoraire d'une dizaine d'associations culturelles et sportives, promoteur du chant basque et du fromage de brebis, j'en passe. En tant qu'homme de l'art (et du cochon, dit Marie-Thérèse), entre autres œuvres on lui doit… je vous le donne en cent, je vous le donne en mille : la Résidence Biarritz Bonheur. « Et le pire, dit Marie-Thérèse, c'est que c'est ce qu'il a fait de mieux. »

Où en étais-je ? J'ai perdu le fil… (un instant, je reviens en arrière pour me relire). Ah :

Elle me tançait… *(Interruption)*

8

Marie-Thérèse me tançait de l'index.

« Vous, depuis que vous avez ce cahier !

— Verdier est à l'hôpital, a dit abruptement Grandpied.

— Pardon ? »

Il y a trois heures à peine, le vieux libidineux faisait le mariole à table avec ses plaisanteries lourdingues et ses rires gras ponctués des claquements de son dentier.

« Quoi ? Qu'est-ce qu'il a ? »

Marie-Thérèse a haussé les épaules.

« Les résidents ne souffrent que d'une seule maladie, mon petit : la vieillerie. *(Désignant du doigt mon cahier)* Oubliez un peu vos écritures, c'est l'heure du Scrabble, vous reviendrez faire votre Victor Hugo après.

— Mais qu'est-ce qu'il a ?

— Verdier ? Il a qu'il nous enchose avec ses plaisanteries de corps de garde qui ne font rire que son dentier. Je ne le supporte plus. Profitons qu'il est à l'hôpital. Allez, venez, Victor Hugo ! »

Gisèle Grandpied m'a suivie d'un regard scrutateur tandis que je rangeais le cahier dans le tiroir de ma table de nuit, puis elle a redressé le menton pour prendre son air de « je ne veux pas être indiscrète mais je me mêle de tout ».

« Je ne veux pas être indiscrète, mais… qu'est-ce que vous écrivez dans votre cahier ? Votre journal ? C'est votre journal que vous écrivez ? »

J'ai affecté d'être occupée à jeter dans la corbeille les emballages de chocolats qui traînaient, à tapoter le dessus-de-lit et à passer un coup de brosse sur ma veste avant de l'enfiler. N'importe qui aurait compris que j'évitais de répondre. N'importe qui, mais pas la mère Casse-pieds, qui insistait : « Votre journal ? Des poèmes ? Vous pouvez nous le dire, nous sommes entre nous, ça ne sortira pas de notre cercle. Un roman ? Vous n'écrivez pas un roman, quand même ! »

Pour lui échapper, j'ai prétexté d'avoir à me laver les mains et je me suis réfugiée dans la salle de bains où j'ai ouvert à fond le robinet du lavabo. La plomberie a convulsé en produisant des stridences de saxo hurleur à la Ornette Coleman, de quoi décourager une conversation, mais pas madame Casse-pieds, qui a continué à me harceler à travers la porte, par-dessus le jazz de la tuyauterie.

« Votre journal ? Des poèmes ? Un roman ? Votre vie ? Quoi ? Vous écrivez votre vie ? Quoi ? Qu'est-ce que vous dites ? Parlez plus fort ! Je ne comprends pas ! »

J'ai crié :

« Je dis : prenez un Mon Chéri et offrez-en un à Marie-Thérèse !

— Votre vie ? Vous écrivez votre vie ? »

Il a bien fallu que je ferme le robinet et que je sorte de la salle de bains.

« Mais non, Gisèle, mais non, ma vie est banale, elle ne vaut pas que je la raconte.

— Vous êtes quand même compliquée, Alexandrine, laissez-moi vous le dire en toute amitié. Pourquoi vous ne me répondez pas avec simplicité : j'écris mon journal, ou j'écris une pièce de théâtre, ou j'écris un roman, ou j'écris ceci ou cela sur ma vie banale ou sur la vie de quelqu'un d'autre ? Pourquoi ? Ce n'est pas compliqué d'être simple, je ne sais pas, moi ! »

Je ne réponds pas.

Nous voici dans le couloir, Gisèle Grandpied poussant le fauteuil de Marie-Thérèse, moi au volant de mon déambulateur, *vroum*, *vroum*, *vroum*.

« Mais pourquoi vous ne le dites pas ce que vous écrivez ? Pourquoi vous faites un mystère ? Ça me dépasse. Il y a des trucs qui me dépassent. On est entre nous, non ? Moi, si vous me demandez quoi que ce soit, je vous réponds sans problème, allez-y, essayez, demandez-moi ceci ou cela, vous verrez ! Entre nous ! Entre femmes ! N'est-ce pas que j'ai raison, Marie-Thérèse ? »

Et ça continue…

De guerre lasse, je décide de répondre quelque chose, n'importe quoi, je n'ai rien prémédité, je ne prémédite pas mes mensonges, j'ai le mensonge spontané, je réfléchis après. Tout ce que je voulais, c'était qu'elle arrête de me questionner. J'ai dit ce qui me passait par la tête.

« J'écris un conte.

— Un conte ? Ooooh ! Alors là, vous ne pouviez pas mieux tomber ! J'adore les contes. Et vous, Marie-Thérèse, vous aimez les contes ?

— Je n'y crois plus, a dit Marie-Thérèse.

— Un conte ! Si je m'attendais à ça ! Alors ce n'est pas du Victor Hugo qu'elle nous fait, c'est du Grimm, c'est du Perrault, c'est du Maupassant, c'est du Marcel Aymé, c'est du Villiers de L'Isle-Adam ! »

Elle s'y connaissait l'ex-bibliothécaire, une professionnelle du livre, elle avait lu tous les contes de tous les genres, de toutes les époques, de tous les continents et de toutes les planètes de l'univers, pensez.

« Et vous, Alexandrine, quelle sorte de conte ? Philosophique ? Fantastique ? Merveilleux ? De fées ? Satirique ? Érotique ? Car il y a conte et conte, n'est-ce pas ?

— Le conte est bon, mais pas toujours », a dit Marie-Thérèse en se retournant pour me faire un clin d'œil.

Espérant couper court, j'ai remis le sujet Verdier sur le tapis.

« Qu'est-ce qu'il a Verdier ? L'hôpital, si soudainement… une crise cardiaque ? Vous n'avez aucune autre information ?

— Si ! a dit Marie-Thérèse. J'ai une information : ou bien il va guérir, ou bien il va mourir, c'est cinquante cinquante, c'est la loterie de l'hôpital. »

Nous parvenons à la salle baptisée « lieu de vie » : grande pièce rectangulaire fonctionnelle, fenêtres au châssis en alu, lumière clinique et mobilier neurasthénique conforme aux normes administratives en vigueur.

L'art n'est pas oublié, on peut admirer, ornant les murs, des reproductions d'Auguste Renoir, peintre favori des décorateurs de maisons de vieux. De la chaise qui est la mienne à notre table attitrée, quatre fois par jour j'admire à l'envi ses *Jeunes filles au piano*, deux nunuches grassouillettes qui s'apprêtent à massacrer la *Lettre à Élise*. Pas plus tard qu'il y a deux jours, Verdier les a apostrophées : « Hé, les filles, foutez la paix à ce piano, jouez-moi plutôt de la flûte à bec, hihihi ! » Ça n'a fait mourir de rire que lui.

Le « lieu de vie » donne sur ce qui fut, au temps des splendeurs du Second Empire, le parc magnifiquement arboré d'un manoir que son propriétaire, cousin de l'impératrice Eugénie, avait fait bâtir sur une hauteur éloignée du bord de mer car il avait la hantise des raz de marée. Dans le même temps, parce qu'elle ne se lassait pas d'entendre la clameur profonde de l'Océan et de respirer ses embruns vivifiants, l'impératrice faisait bâtir la Villa Eugénie entre la Grande Plage et la plage du Miramar, sur une pointe battue par les vagues. Cette villa, aujourd'hui reconvertie en palace et rebaptisée Hôtel du Palais, fait l'orgueil de Biarritz. On ne peut en dire autant du manoir du cousin qui, suite à un manque tragique d'entretien ayant finalement provoqué l'effondrement de la toiture, devait être rasé et reconstruit par le cabinet d'architecture d'Henri Hernandez, créateur de la Résidence Biarritz Bonheur, où il a enterré vivante sa belle-mère et où j'écris ces lignes.

Des locaux techniques et un parking surdimensionné ont réduit à peau de chagrin le parc magnifique dont la splendeur arborescente faisait la joie des oiseaux et des écureuils. Dans ce qu'il en reste et qu'on persiste à appeler « le parc », une allée cimentée bordée de quelques bancs rarement occupés traverse une maigre pelouse piquée de quatre massifs d'hortensias. Au bout de l'allée, seul rescapé des arbres majestueux sacrifiés au béton, un cèdre monumental couvre de son ombre paisible le dernier témoignage de l'art de vivre napoléonien : le belvédère.

Quand le temps le permet, Marie-Thérèse demande : « Menez-moi au belvédère ! » On l'aide à s'extraire de son fauteuil et elle fait quelques pas jusqu'au garde-fou, où elle reste appuyée un moment. Elle dit : « C'est beau, l'horizon ! » Puis elle revient à son fauteuil, à côté du banc où nous nous asseyons, Gisèle Grandpied et moi. Nous bavardons. Sous nos pieds s'ouvre un à-pic que j'évite de regarder (il m'angoisse). Devant nous, là-bas très loin, les contreforts des Pyrénées ondulent comme nos pensées. Marie-Thérèse ferme les yeux. « L'air est bon ! Sentez l'air, Alexandrine ! Sentez-le, Gisèle ! C'est beau, l'air ! »

Mais aujourd'hui n'est pas un jour de sortie au belvédère. D'abord parce que c'est dimanche et que Marie-Thérèse est partie déjeuner en famille. Ensuite parce qu'il pleut comme vache qui pisse, dirait mon kiné qui vous le répète chaque fois qu'il pleut.

Superbe région le Pays basque, à condition d'aimer la pluie. Il peut pleuvoir pendant des jours, des nuits, des semaines, des mois entiers, c'est à peine croyable la quantité de pluie qui se déverse sur cette région. Le paysage a la goutte au nez en permanence. Les arbres, les toits, les parapluies, tout dégouline, les nuages déversent leur chagrin inépuisable, le ciel gris se lamente, la lumière est en congé. Pour écrire ces mots j'ai été obligée de recourir à l'électricité bien qu'il soit à peine trois heures de l'après-midi et j'ai baissé le store pour ne plus voir ces nuages toujours en train de chialer. Ils me rappelaient moi, je veux dire l'idiote qui, pendant des jours, des nuits, des semaines, des années, a chialé comme l'idiote qu'elle était. Souvenirs…

Souvenirs…

Et la pluie piétine la Résidence de tous ses petits petons rageurs… où en étais-je ? Je me suis égarée… J'ai la mémoire qui flanche… Au secours, Mon Chéri !

Nous sommes parvenues au « lieu de vie »… *(Interruption)*

9

Dans un coin, nommé « espace salon », quatre ou cinq vieux tas de chairs flasques aux yeux vides croupissent devant la télé, qui diffuse un dessin animé pour enfants – sans le son. À la table centrale, trois vieilles biques chenues et un vieillard squelettique tordu par l'arthrite font de la peinture, du modelage et le « jeu des sept erreurs » du mensuel municipal. Près de la fenêtre, une pauvre chose recroquevillée dans son fauteuil attend avec patience et résignation son départ imminent à destination du royaume des cieux. Hashtag l'ambiance ! dirait le petit jeune homme à la casquette devant derrière.

Grandpied a aidé Marie-Thérèse à prendre place à notre table de quatre – nous trois plus Verdier, à qui nous sommes d'ordinaire attelées. Puis, ayant extrait de l'armoire métallique la boîte du Scrabble et le dictionnaire *Larousse*, elle a glissé une pièce dans le distributeur de boissons. Celui-ci, en retour, lui a fourni une dose du pipi de chat qui se prend pour du thé et tremblote dans un gobelet en plastique mou.

Marie-Thérèse ne joue pas, elle inscrit les points et les additionne, tandis que d'ordinaire Verdier est préposé à la vérification des mots dans le dictionnaire. Quand la partie est terminée, il demande parfois d'en jouer une avec la gagnante. Mais la gagnante se défile en prétextant une fatigue ou une douleur quelque part – il joue trop mal, trop lentement, en plus il triche, on ne veut pas de lui.

La grille du jeu est dépliée, les chevalets sont distribués, je tends la main pour attraper le sac de lettres mais Grandpied allonge le bras pour m'en empêcher. Elle remet ça :

« Avant d'attaquer la partie, je suggère qu'Alexandrine nous raconte le conte qu'elle écrit. Si ! Si ! Ah si ! Ah si ! On veut qu'elle nous le raconte, n'est-ce pas Marie-Thérèse ? On veut ! On veut ! Allez, Alexandrine, ne faites pas votre tête de mule, racontez ! »

Elle insiste lourdement. Je refuse de céder mais elle s'agrippe à son idée comme un roquet au mollet du facteur, elle ne lâche pas. Marie-Thérèse s'en mêle. Elle me fait un clin d'œil.

« Allez, Alexandrine, allez, racontez-le ce conte que vous écrivez ! Pour me faire plaisir, allez ! »

Je suis tout à fait incapable d'inventer une histoire et je ne possède aucun talent de conteuse. Je sèche. J'en appelle aux contes de mon enfance. Je fouille dans les malles, les cartons et les recoins du grenier de ma mémoire… où sont-ils passés ? Sous un amas poussiéreux de livres, journaux et revues, j'aperçois un petit pied chaussé d'un escarpin ravissant. Je tire : l'escarpin de la Belle au bois dormant !

MOI. — Eh bien, j'écris… enfin, j'écris… disons un remake de *La Belle au bois dormant.*

GRANDPIED *(théâtrale, levant les bras).* — Un conte de fées ! L'eusses-tu cru ? Vous, un conte de fées ? Ah non, non ! On m'aurait dit « Alexandrine écrit un conte de fées », j'aurais dit « Impossible, ce n'est pas le genre de la maison ». Comme quoi !

MOI. — J'ai dit un remake…

MARIE-THÉRÈSE. — Un ri quoi ?

MOI. — Un conte… disons un conte sans être un conte… *(Qu'est-ce que je raconte ?)*

MARIE-THÉRÈSE. — Pourvu que ça commence par « Il était une fois », moi…

MOI. — C'est-à-dire que… *(Dans quoi me suis-je fourrée ?)*

MARIE-THÉRÈSE. — On vous écoute, Alexandrine, racontez, allez-y.

Je refuse, je ne sais pas raconter, je n'en ai pas envie. Rien n'y fait. Le roquet ne me lâche pas le mollet. À la fin, résignée :

MOI. — Il était une fois une jeune Princesse que sa méchante mère détestait.

GRANDPIED *(fronçant les sourcils).* — Sa méchante *mère* ? Je vous signale que dans les contes de fées, c'est la marâtre, la méchante. Pas la mère.

MOI. — Eh bien moi, c'est la mère. Ma méchante mère. *Sa* méchante mère, je veux dire.

GRANDPIED. — Remarquez, ça arrive aussi.

MARIE-THÉRÈSE. — Et alors ?

MOI. — Alors la mère haïssait tellement sa fille qu'elle voulut l'empoisonner.

GRANDPIED. — Et moi je vous fiche mon billet que le Roi laissa faire, lâche comme sont tous les hommes.

MOI *(sur un petit signe de Marie-Thérèse m'engageant à poursuivre).* — Mais la Princesse ne mourut pas. Elle tomba en léthargie et on l'enferma dans un cercueil de verre, au milieu de la forêt.

GRANDPIED. — Excusez-moi, Alexandrine, mais je ne vois pas où est le remake. C'est *La Belle au bois dormant* texto, la marâtre mise à part.

MARIE-THÉRÈSE *(légèrement agacée).* — Taisez-vous, Gisèle, laissez Alexandrine raconter. Allez-y, Alexandrine.

MOI. — Un jour, le Prince charmant qui se promenait dans la forêt…

GRANDPIED. — Il chassait, je parie.

MOI *(elle commence à m'énerver).* — Non, Gisèle, non, il ne chassait pas, il écoutait les oiseaux gazouiller.

GRANDPIED. — Les Princes aiment chasser, ils font des carnages qu'ils étalent sur leur perron, vous n'avez qu'à voir en Angleterre, le prince…

MARIE-THÉRÈSE *(sévère).* — Gisèle, arrêtez de couper, ça suffit, arrêtez ! Vous êtes pire que les speakers de la télévision, qui parlent comme des moulins et qui coupent la parole aux autres avant même qu'ils ouvrent la bouche. Continuez, Alexandrine !

MOI. — Le Prince découvre la Princesse dans son cercueil et il en tombe amoureux. Il l'embrasse, elle se réveille, mais comme elle est restée très longtemps endormie, elle manque de lucidité. Elle ne comprend pas que l'homme mal fringué qui se penche sur elle est le Prince charmant. Elle le prend pour un domestique.

GRANDPIED. — Mal fringué ? Mais...

MARIE-THÉRÈSE. — Chut ! Je vais vous dire, Alexandrine, il faudrait écrire pour Gisèle un conte spécial avec un chien comme Prince charmant, elle vous écouterait sans couper, je ne vois que ça. Continuez, ne faites pas attention, je vous écoute, moi !

MOI. — Le Roi et la Reine sont morts pendant le long sommeil de la Princesse et elle est seule au monde. Alors le Prince charmant devient son protecteur, son ange gardien, son garde du corps, son chauffeur, son majordome, il se dévoue à elle corps et âme, il exécute ses quatre volontés, exauce tous ses caprices en espérant qu'un jour elle finira par le reconnaître sous la livrée du domestique et saura l'aimer en retour. Mais la Princesse est aussi idiote que superficielle, elle profite de lui et, au fond, elle le méprise. Et puis un jour, un homme se présente aux douves du château. Il est beau, séduisant et musclé, un genre d'Alain Delon dans la fleur de l'âge. Musicien. Avec une mandoline en bandoulière...

MARIE-THÉRÈSE. — Un joueur de mandoline ! C'est les pires !

GRANDPIED. — Alain Delon dans *Le Guépard* avec sa petite moustache, moi qui préfère les blonds genre Brad Pitt, je dirais pas non, voyez ? Dans l'autre film aussi, avec Romy Schneider, comment ça s'appelait déjà ? Je...

MARIE-THÉRÈSE. — Nom d'une pipe, fermez-la, Gisèle, fermez-la ! On va vous mettre un cadenas sur la bouche si vous ne vous taisez pas ! Alors, Alexandrine, alors ?

MOI. — La Princesse idiote s'écrie : « Le Prince charmant ! Je le reconnais ! C'est lui ! » Alain Delon met un genou à terre, accorde sa mandoline et se met à chanter : « Veux-tu m'épouser ? » Elle accepte sans hésiter et ils se marièrent pour toujours et à jamais. Hélas ! À peine la nuit de noces consommée, le faux Prince tomba le masque et découvrit son vrai visage de crapaud pustuleux. Il enferma la Princesse dans le donjon du château où elle resta sa prisonnière pendant sept ans.

Je me tais.

Marie-Thérèse hoche la tête. Gisèle Grandpied remue les lettres dans le sac sans faire de commentaire. Bien, me dis-je, mon histoire lui a coupé le sifflet, c'est déjà ça.

Elle me tend le sac.

Je tire un V. Grandpied un K. On aligne les lettres sur les chevalets. Grandpied commence en rouspétant qu'elle est mal servie.

MARIE-THÉRÈSE. — Mais enfin Alexandrine, ça ne peut pas finir en queue de poisson comme ça votre conte ! Le vrai Prince charmant va tuer en duel le faux Prince méchant et délivrer la Princesse, non ? Il l'a sortie du cercueil, il va la sortir du donjon, non ?

GRANDPIED *(posant* KAS *sur la grille).* — Vingt-quatre points pour moi, Marie-Thérèse.

MARIE-THÉRÈSE. — C'est un conte de fées, quand même ! La Princesse doit épouser le vrai Prince charmant, ce n'est pas possible autrement !

MOI. — Si ! Parce que le vrai Prince charmant en a eu ras le bol de cette idiote, il l'a abandonnée à son sort et il est parti à l'autre bout du monde.

MARIE-THÉRÈSE. — Où ça ?

MOI. — Euh… en… Patagonie.

Je pose le mot *VOIS* et je reprends trois lettres après avoir annoncé mes points.

MARIE-THÉRÈSE. — Et le crapaud, il devient quoi ?

MOI. — La Princesse le tue.

GRANDPIED *(sursautant).* — La Princesse tue le Prince charmant ? Là ça va trop loin. Je veux bien être moderne mais…

MARIE-THÉRÈSE. — Vous n'avez rien compris, Gisèle, vous n'écoutez pas, aussi. Elle tue le *faux* Prince charmant, elle tue le crapaud. Elle l'écrase avec une pierre ?

MOI. — Non, elle le balance du haut du donjon et *splatch !* il s'écrase au sol quatre étages plus bas.

MARIE-THÉRÈSE. — Formidable ! Ça fera un bon exemple pour les Princesses, qui devraient écraser les crapauds plus souvent. Attention, je ne parle pas pour moi, n'allez pas croire, hein, moi j'ai eu un crapaud, je veux dire un mari épatant. Mais j'en connais…

GRANDPIED. — Écraser les crapauds ? Mais c'est monstrueux ! Le crapaud est un Prince charmant pour l'horticulture ! Il dévore les fourmis, les chenilles, les araignées, les pucerons et toutes les engeances de coléoptères qui attaquent nos légumes et nos fruits. Le crapaud est l'assistant irremplaçable du jardinier, sans effets nocifs pour la santé, sans risque de cancer…

et vous voulez écraser cette créature, ce pauvre, pauvre crapaud déjà en voie de disparition, traqué jusqu'au plus profond des marais par l'exterminateur américain, le fou furieux qui tue la végétation, qui tue les abeilles, qui tue les oiseaux, qui tue l'air, qui tue l'eau, qui tue les mers, qui tue le sol et le sous-sol, qui tue l'humanité *(Marie-Thérèse, à voix basse : « Jeanne d'Arc part en croisade ! »)*, le maître des pesticides, l'Attila des temps modernes après qui plus un brin d'herbe ne repoussera, plus un oiseau ne chantera et plus un crapaud ne coassera… vous voulez que les petites filles prennent exemple sur la Belle au bois dormant d'Alexandrine pour assassiner les trois ou quatre malheureux crapauds que Monsanto n'a pas encore assassinés ? Eh bien moi je dis non, non, non et non. N'incitez pas les petites Princesses à tuer les crapauds comme dans les contes de fées d'Alexandrine, ne faites pas ça Marie-Thérèse.

MARIE-THÉRÈSE *(haussant les épaules)*. — Comme si les petites filles allaient assassiner des crapauds à cause du conte d'Alexandrine ! Vous racontez n'importe quoi. Les petites filles regardent la télévision et elles voient des assassins qui ficellent des femmes comme des gigots, qui leur ferment la bouche avec un sparadrap, qui les torturent, qui leur font des horreurs sexuelles, les yeux de ces pauvres femmes leur sortent de la tête, et puis l'assassin les enterre vivantes habillées en fée Clochette, alors vous savez… Entre nous, on se demande où ils vont chercher toutes ces horreurs, les écrivains des films pour la télévision.

GRANDPIED. — Les scénaristes, vous voulez dire ?

MARIE-THÉRÈSE. — Alexandrine, vous devriez écrire un conte où une Princesse kidnapperait un de ces écrivains, elle lui ferait des horreurs sexuelles, elle lui fermerait la bouche avec ses chaussettes sales, elle le zigouillerait avec un couteau électrique à découper le gigot, comme ça elle vengerait toutes les femmes qui sont déshabillées, torturées et violées en série à la télévision. Je n'en peux plus de ces pauvres femmes violées.

GRANDPIED. — Si je comprends bien, Alexandrine, vous écrivez des contes de fées *d'horreur*. C'est un genre. Pourquoi pas ? Vous êtes libre de votre création, je n'ai rien à dire, mais par pitié tuez des hommes, pas des crapauds. Sans vouloir vous commander, Marie-Thérèse, pourriez-vous vérifier si « pelotari » est dans le dictionnaire ?

MARIE-THÉRÈSE *(tournant les pages du dictionnaire)*. — *... pelloche... pélobate... pélodyte... pelotage...* ah, *pelotari*, joueur de pelote basque.

GRANDPIED *(triomphante)*. — Scrabble !

MARIE-THÉRÈSE *(du coin des lèvres)*. — Croa !

10

Lundi, jour où l'on reprend le dessus (*dixit* mon kiné).

J'étais déterminée à revenir sur le coup de téléphone de Léo, je voulais en finir avec cette histoire. Mais pas le temps de sortir mon cahier de sa cachette qu'un commando de trois blouses blanches a pénétré dans ma chambre (sans frapper). En tête, le docteur Trucmuche, science médicale et autorité. Collé à ses talons, Blanc-Bec, l'interne, qui n'est là que parce qu'il n'a pas pu se caser ailleurs, qui ne vous regarde pas en face mais ne peut dissimuler ses pensées : les vieux, c'est moche, ça pue, ça a le cerveau ramolli, et vivement que la visite se termine parce que deux mille amis l'attendent sur Facebook. La troisième blouse blanche, l'infirmière-chef surnommée madame Pète-Sec, porte les dossiers. Confite en amour pour le docteur Trucmuche, elle fait sa superpro compétente, s'agite pour montrer son efficacité et l'échancrure de sa blouse dévoile comme par inadvertance un soupçon de dentelle noire sur un sein que nul ne saurait voir.

« Alors, comment va madame Dumas ? » s'enquiert le docteur, avec un sourire conventionné par la Sécurité sociale, l'œil affriolé et tourné vers Pète-Sec car c'est à son décolleté qu'il pose la question.

« Oh, elle va beaucoup mieux ! Surtout de la langue, n'est-ce pas madame Dumas ? »

Faut rire. Hihihihi !

Elle ouvre mon dossier, marmonne je ne sais quoi que je n'entends pas, détache une feuille que le docteur et Blanc-Bec parcourent de conserve en échangeant des commentaires *mezzo voce*.

Hé ! ho ! je suis là ! je leur crie (dans ma tête).

« Voyons voir ça, dit le docteur. Aidez-la à se lever et à faire quelques pas, que j'observe le polygone de sustentation. »

Pète-Sec m'aide à descendre du lit en m'enveloppant de douceur et de prévenance, l'hypocrite.

« Relevez-lui sa chemise, que je vérifie le parallélisme… »

L'air dégoûté, Blanc-Bec observe comme au zoo ma vieille peau et ma vieille chair.

Pour passer le temps et résister à l'effondrement de la force qui me reste, je m'amuse (si l'on peut dire) à rédiger mentalement un règlement à usage des résidents.

1. Les résidents doivent obéir au personnel soignant et bêler comme des moutons, bêêê !

2. Les résidents doivent dire « s'il vous plaît », « pardon », « merci », « à votre disposition », « merci pour tout, merci, merci, merci », ils doivent dire « merci, bêêê ! »

3. Les résidents doivent avaler sans rechigner les médicaments qui leur sont prescrits sans savoir ce qu'ils avalent ni pourquoi, sachant que l'établissement et le personnel médical déclinent toute responsabilité au cas où il s'avérerait que tel médicament est dangereux pour la santé, voire met en péril la vie du résident, bêêê !

J'allais rédiger l'article 4 lorsqu'ils sont partis.

À peine avaient-ils disparu que mademoiselle Claudie est entrée en trompetant : « Alors, comment elle va mamie, ce matin ? Elle a vu le docteur ? Elle est contente ? Il lui a changé son médicament ? »

Je sombre.

J'attaque ma deuxième boîte de Mon Chéri.

Je vais regarder une stupidité quelconque à la télé pour me changer les idées.

Deux heures plus tard

Je n'ai pas regardé la télé mais j'ai écrit une lettre :

Monsieur le Président de la République,

Je vous écris cette lettre que vous ne lirez jamais, d'abord parce que je ne vous l'enverrai pas, ensuite parce qu'elle émane d'une vieille femme de quatre-vingt-cinq ans et que vous, parce que les vieux ne descendent pas dans la rue, parce que leur désespoir ne fait pas la une des médias, parce qu'il ne franchit pas les murs derrière lesquels il est hermétiquement circonscrit, vous vous en foutez. Les vieux et le personnel surexploité qui les maltraite sont livrés au cynisme des rapaces aux griffes acérées et aux grandes fortunes pour qui la fin de vie représente une source de profits considérables. C'est une honte, c'est une infamie, c'est un scandale, c'est une atteinte criminelle à la dignité humaine, mais vous vous en foutez. « Vous », c'est vous et les présidents des gouvernements précédents, les parlementaires, les ministres de la Santé et les sommités médicales qui sont ou ont été ces vingt dernières années aux « responsabilités », ou plutôt devrions-nous dire aux « irresponsabilités ».

Honte à vous tous !

Veuillez agréer ma déconsidération distinguée.

Signé : Une vieille peau.

11

Le regard vrillé sur le mur, peu attentive à la partie de Scrabble, Marie-Thérèse présentait le visage fermé des lendemains de déjeuner dominical. Je lui ai caressé le bras.

« Ça va Marie-Thérèse ?

— Je suis chiffonnée. Je fais des caprices, soi-disant. Et à supposer ! On n'a pas le droit de faire des caprices parce qu'on a bientôt cent ans ? C'est dans le Code civil, peut-être ? Ça me chiffonne, que voulez-vous. »

Si elle est *chiffonnée*, c'est qu'Hernandez lui a encore refusé d'aller voir son cher marronnier. Il a refusé de faire un crochet de quelques kilomètres pour lui accorder ce plaisir et, comme à son habitude, il a argué de son sempiternel : « Il faut tourner la page, mamounette. »

Mais pour Marie-Thérèse, la question n'est pas de tourner la page. « N'importe comment, elle est tournée la page, c'est fait, c'est fait, il m'enchose avec sa page tournée. » Elle, ce qu'elle demande, c'est de revoir son arbre une dernière fois. C'est facile. C'est simple. Ça ne coûte rien. Ne serait-ce que l'*apercevoir* de l'extérieur à travers la grille du portail. « C'est pas la mer à boire, quand même ! »

Ce marronnier, *c'est quelqu'un*. On peut l'admirer dans un cadre posé sur sa table de nuit comme une photo de famille.

« En vrai, il est plus haut que notre maison et il avait déjà cent ans quand je suis née, alors calculez. »

Quand elle était petite fille, elle l'appelait « le Grand Papa » parce que c'était comme un papa géant avec des grands bras pleins de mains vertes qui vous hypnotisent quand on les regarde par en dessous… un géant gentil qui vous offre son torse puissant pour se cacher derrière ou jouer à « un, deux, trois, soleil »… qui protège les berceaux de son ombre apaisante et endort les bébés… qui vous lance des marrons qu'on s'amuse à sculpter…

« Des histoires de la vie avec lui j'en ai, j'en ai, on pourrait en faire un livre. »

En été, le feuillage du Grand Papa remplissait la fenêtre de sa chambre, on avait l'impression d'habiter chez lui. Elle avait fait peindre les murs de cette chambre du même rose que les panicules de l'arbre…

« Ah, quand il faisait ses fleurs ! ce rose ! oh ce rose de bonheur, Alexandrine, si vous aviez vu ! Auprès de notre arbre on vivait heureux, comme dans la chanson et c'est vrai. À la mort d'Hippolyte, c'est lui qui m'a consolée le plus. C'est un vrai ami, vous savez. Je pleurais contre lui. Il me disait dans son écorce : "Je suis là, je suis là, je serai toujours là." S'ils n'avaient pas vendu la maison, aujourd'hui je demanderais à être enterrée à ses pieds. Mais ils ont vendu Iduzkian. Tant pis pour moi, vous me direz, j'avais qu'à pas dire oui. Quand même… »

La vente a été conclue si rapidement qu'elle n'a pas eu le temps de saluer son arbre avant de le quitter. Elle le regrette. Ça lui fait quelque chose, là (elle pose la main sur son cœur). Elle y pense souvent. Et c'est pour lui dire un dernier adieu *comme il faut* qu'elle voudrait qu'Hernandez la conduise en voiture à Iduzkian. Mais Hernandez refuse d'exaucer ce qu'il estime être un caprice. Hier, encore une fois, il lui a dit non avec *son baratin comme s'il était gentil.*

« Allons, allons, mamounette, ne faites pas l'enfant. Moi je veux bien vous emmener voir votre marronnier, évidemment que je veux, mais… vous savez pourquoi je ne veux pas ? Parce qu'il va remuer trop de souvenirs. Il va vous faire du mal. À votre âge et avec votre cœur, il faut rester prudente. Nous, on veut vous garder aussi longtemps que Jeanne Calment, vous comprenez ?

— Et si ça me fait du bien de me faire du mal, moi ?

— Ne dites pas de bêtises ! »

Lydie faisait le « répète Jacquot » : « Sois raisonnable, maman, sois raisonnable, tu n'as plus l'âge des caprices, maman, tu vas te faire du mal. »

Marie-Thérèse secouait la tête. « Ils ne veulent pas. Ils ont la force de l'âge et moi, qu'est-ce que je peux ? À cent ans on obéit, on n'a pas le choix. Ils ne veulent pas, ils ne veulent pas. Je ne reverrai jamais plus mon Grand Papa. Il va penser que je l'ai pris pour juste du bois. »

Grandpied et moi, on avait arrêté de jouer. On écoutait sa tristesse, on la partageait, on aurait aimé trouver des mots de réconfort mais on ne trouvait pas, on pataugeait dans le silence. Elle a poussé un gros soupir.

« La vieillesse n'est pas aux vieux.

— Elle est à qui ? a demandé Grandpied.

— À mon gendre. À ma fille. À la Résidence. Au notaire. Aux impôts. Les voleurs de vieux prennent tout, je n'ai même plus de porte-monnaie avec dix euros parce qu'ils ont peur que je me fasse voler par les aides-soignantes. Et si je préfère être volée par les aides-soignantes plutôt que par eux ? Je peux ? Non, je ne peux pas. Je ne peux rien. Même voir mon marronnier, je ne peux pas. Je suis fatiguée du monde. »

J'ai encerclé ses deux mains dans les miennes.

« Écoutez-moi, Marie-Thérèse. Écoutez. Moi, je vais vous emmener à votre marronnier.

— Merci, Alexandrine, vous êtes bravette. Mais vous ne pourrez pas.

— Mais si, mais si ! Ma fille… je vous en ai parlé, vous vous souvenez ?… ma fille qui vit en Amérique… eh bien ça y est, elle m'a envoyé un message de l'aéroport Kennedy, elle montait dans son avion, elle sera ici dans quelques jours. Et vous savez quoi ? Elle nous emmènera rendre visite à votre marronnier.

— Et si elle ne veut pas ?

— Elle voudra.

— Vous croyez ?

— J'en suis sûre.

— Et vous croyez que l'infirmière me laissera sortir ?

— On ne lui demandera pas la permission.

— Ah ça, c'est bien ! *(Sourire)* Elle arrive quand, votre fille, vous dites ?

— Je ne le sais pas précisément parce qu'elle a l'intention de séjourner à Paris quelques jours, une semaine peut-être. Mais après, elle louera une voiture pour descendre à Biarritz. Et elle nous conduira à votre marronnier, j'en suis sûre et certaine, je la connais. »

Comme elle paraissait malgré tout dubitative, j'ai ajouté : « Et si, pour une raison quelconque, elle ne peut pas nous y emmener, je demanderai à ma cousine Lilette de nous rendre ce service. Et si Lilette ne le peut pas, je commanderai un taxi, ne vous faites aucun souci, je ne suis pas sous tutelle, je dispose de mon argent, j'ai une Mastercard Gold, je paierai, ne vous en faites pas. Passez donc un coup fil à votre Grand Papa pour le prévenir de notre prochaine visite. »

Elle m'a embrassé la main.

Je pense que cette… *(Interruption)*

12

Je pense que cette... cette quoi ? quoi ?? quoi ??? Impossible de me rappeler cette chose à laquelle je pensais hier lorsque j'ai été interrompue par un *toc* sec et l'entrée de ces messieurs : monsieur le sous-directeur de la Résidence en costume-cravate de singe savant, assisté de monsieur le factotum en salopette d'ouvrier bleue et propre, une clé à molette à la main. Ni signe de tête, ni bonjour, ni excusez-nous de vous déranger. Monsieur le sous-directeur doit estimer que les trois mille euros que me coûte mensuellement cette chambre n'incluent pas une obligation de courtoisie du bailleur.

Ils ont traversé la chambre en poursuivant leur conversation comme si j'étais transparente (« Ah ! mais moi je lui ai dit que… Non mais c'est toujours les mêmes salades avec ce zigoto… Il n'y a plus le budget, les restrictions… »).

Ils ont pénétré dans la salle de bains, y ont trafiqué je ne sais quoi en continuant de parler et en tapant de temps à autre sur la tuyauterie. Un moment plus tard, ils sont ressortis. Ni sourire, ni regard, ni au revoir, ni excusez-nous de vous avoir dérangée, pas un mot. À se demander si j'existe. Peut-être pas. Ça expliquerait. C'est ça la vieillesse, je me disais. On ne vous voit plus.

Ce matin, je raconte la scène au kiné. Il me répond : « Vous vous plaignez, vous vous plaignez, madame Dumas, mais au lieu de vous plaindre, vous devriez apprécier la chance que vous avez d'être ici. J'en connais des établissements pour personnes âgées, croyez-moi, j'en ai vu, j'en vois, croyez-moi sur parole, je vous assure que vous ne devriez pas vous plaindre. La Résidence Biarritz Bonheur, comparée à certains EHPAD, c'est le château de Versailles. Vous en avez où on attache les vieux à leur lit. Où on les enferme à clé dans leur chambre pour pas qu'ils aillent errer dans les couloirs. Où on leur mélange le plat principal avec le dessert pour qu'ils mangent plus vite. Où on les laisse une demi-journée, si pas la journée entière, dans le pipi caca de leurs couches. Où on les gifle parce qu'ils crient… Vous êtes trop gâtés ici, c'est ça le problème. On vous donne et vous, vous critiquez. C'est la France, ça : on se plaint, on revendique, on manifeste, on critique, c'est la course au toujours plus. Et on va où comme ça ? Il faut se calmer. Les ressources pétrolières ne sont pas inépuisables et le gaz de schiste n'est pas une solution… »

Le rapport avec les ressources pétrolières et le gaz de schiste ? Mystère… Ce kiné a des mains en or mais question conversation, n'ayons pas peur des mots, c'est un con. Et un con qui sait tout et qui a toujours raison. Il enchaîne les banalités convenues érigées en vérités profondes, il étale en tartines épaisses sa pseudoscience, son expertise politique, ses sentences philosophiques, qu'il nous inflige en nous pétrissant les chairs. Et nous, gémissant sous les douleurs exquises qu'il nous procure, nous acquiesçons tels les petits chiens sur la plage arrière des autos : « vous avez raison »… « oui bien sûr »… « c'est vrai »… « comment donc ! »… « à qui le dites-vous ! »

Soudain, j'en ai assez (je crie presque) :
« *Lasciate ogni speranza, voi ch'entrate* !
— De quoi ?
— C'est de l'italien. C'est dans *L'Enfer* de Dante.
— Ça signifie… ?
— Abandonnez tout espoir, vous qui entrez ici ! »

Il est désarçonné (pas longtemps).
« Vous êtes négative, madame Dumas. Négative et trop pessimiste. Laissez-moi vous dire que la résidence où vous avez *la chance* de vous trouver est ce qu'il y a de mieux. Son personnel est dévoué. Compétent. Vous êtes écoutée et chacun n'a qu'une idée en tête : votre santé. Changez de paradigme, madame Dumas. Pensez que tous les gens qui travaillent ici vous veulent du bien. Soyez positive, madame Dumas. Soyez optimiste ! »
Je suis vaincue.

Plus tard
Je pense que cette… quoi ? *cette* quoi ? À qui ou à quoi pouvais-je bien penser quand j'ai écrit ces mots ? Les trahisons de la mémoire sont odieuses. Je dois avoir

un trou dans le crâne par lequel la fumée de mon esprit s'échappe et monte jusqu'au ciel.

Plus tard
En essayant de retrouver cette chose qui m'échappe, je me suis abandonnée à une rêvasserie qui m'a ramenée à la scène (authentique) qui s'est jouée dans le couloir, devant la porte de ma chambre, il y a une dizaine de jours…

Verdier me dit « Alexandrine, soyez mignonne, faites un bisou à ma flûte à bec, s'il vous plaît » et, souriant de son dentier qui jouait des castagnettes, il pointe son index tordu par l'arthrose en direction de sa braguette. Je n'ai pas immédiatement compris ce qu'il entendait par sa « flûte à bec » (c'était trop inattendu, je crois), quant à son index, j'ai pensé un instant que mon esprit mal tourné interprétait de travers un geste dépourvu de mauvaises intentions. Mais un clin d'œil égrillard et la façon obscène qu'il a eue de s'empoigner soudain l'entrejambe comme Michael Jackson en concert m'ont soudain éclairée sur ce que le vieux libidineux espérait de moi. Du même coup j'ai compris le sens symbolique de la flûte à bec et les raisons du rire qui l'avait secoué quand il avait suggéré aux *Jeunes filles au piano* de Renoir d'en jouer. Le porc ! Les bras m'en sont tombés des yeux (dirait Marie-Thérèse). Lui, se méprenant sur l'expression de mon visage : « On le fait dans votre chambre ou dans la mienne ? » J'étais outrée. « Vous êtes répugnant ! Vous n'avez pas honte ? À votre âge ? » Et lui : « Il n'est jamais trop tard pour mal faire, ma jolie, vous ne savez pas ce que vous perdez ! » Je lui ai balancé mon déambulateur dans les tibias aussi fort que je pouvais. Il a fait « Aïe ! Aïe ! Ça va pas la tête ? » et il est parti en boitillant, la flûte à bec entre les jambes, si j'ose dire.

Je m'étais précipitée pour raconter l'incident à Marie-Thérèse et à Grandpied, je croyais qu'elles en seraient estomaquées, mais pas du tout. À trois reprises, Marie-Thérèse avait eu droit à des propositions comparables. Marie-Thérèse ! Une vieille dame respectable bientôt centenaire ! Les deux premières fois elle avait été prise au dépourvu. La troisième fois, elle a répliqué : « Écoutez, Verdier, moi je ne suis pas comme vous, j'ai toujours mes vraies dents, elles peuvent encore couper une saucisse en deux, mon vieux, alors faites bien attention à votre flûte à bec. » Il a reçu le message, il n'a plus insisté. Elle a conclu :

« Je connais les hommes, Alexandrine. Verdier est le genre qui sera démangé de son truc chose jusqu'au dernier jour de sa vie. C'est comme ça. C'est à cause des hormones. Il n'en peut mais.

— Moi, personnellement, je n'ai pas à m'en plaindre. Avec moi il a toujours été correct, a dit Gisèle.

— C'est que vous êtes trop jeune pour lui ! Il a bien des défauts mais ce n'est pas un pédophile ! » je lui ai rétorqué (Gisèle est la plus jeune de nous trois, elle a à peine quatre-vingts ans).

Qu'est-ce qu'on a ri !

13

Marie-Thérèse et Gisèle frappaient à ma porte. J'ai promptement arraché la première page de mon cahier et j'en ai fait une boule que j'ai balancée dans la corbeille à papier. Je venais de relire mon commencement et, décidément, il ne me plaisait pas. Mes amies sont entrées. Avant de les suivre, je suis allée me laver les mains, après avoir rangé mon cahier à son emplacement habituel. Plus tard, après le Scrabble, je n'ai pas remarqué que la boule de papier n'était plus dans la corbeille.

Quelques jours ont passé. Nous revoilà à l'heure du Scrabble et revoilà ces dames. Mais Grandpied, qui me reproche sans cesse d'être lente, qui d'ordinaire soupire d'impatience, me lance des « vous allez passer la nuit à vous pomponner ou quoi ? », aujourd'hui prend le temps de s'asseoir au bord de mon lit. À sa tête baissée, à ses lèvres pincées, je devine que quelque chose ne va pas. Marie-Thérèse dit : « Allez, Gisèle, rendez-lui ce que vous lui avez volé. »

J'apprends qu'elle m'avait vue jeter la boule dans la corbeille et, comprenant qu'il s'agissait d'une page de mon cahier, qu'elle l'avait piquée pendant que j'étais dans la salle de bains, *sans penser à mal*, par *pure* curiosité, *pour voir* comment j'écrivais. Elle l'avait gardée dans sa poche pendant la partie de Scrabble, la traîtresse, et une fois revenue dans sa chambre, l'avait défroissée pour la lire. Puis était allée la lire à Marie-Thérèse.

Le ciel m'est tombé sur la tête. Tu es foutue, ma fille, tu es cuite, tu n'échapperas pas au châtiment, le moment est venu de payer, je me suis dit. Mon secret était découvert. La panique m'a suffoquée. J'ai senti qu'une crise cardiaque se préparait. J'étais foutue. J'allais mourir. Et cependant, malgré mon effroi intérieur, il n'est sorti de moi qu'un petit rire nerveux. Merci Léo (rendons à César ce qui ne lui appartient pas, dirait Verdier), c'est grâce à lui que j'ai acquis le réflexe de faire celle qui n'a pas peur alors que je crève de trouille et d'avoir l'air de m'en foutre alors que je suis au désespoir.

Quelle idiote ! Mais quelle idiote ! Je fustigeais ma stupidité. J'avais commis un crime parfait, les enquêteurs chevronnés de la section de recherches de la gendarmerie avaient conclu que j'avais été le témoin malchanceux d'un incontestable *accident*, le maire m'avait présenté ses plus sincères condoléances, ce décès n'avait pas suscité le moindre doute pour personne et, enfin, après l'incinération, Lou-Ann avait donné à la Croix-Rouge les vêtements et les chaussures de son père, autrement dit je ne courais aucun risque de me faire attraper à cause d'une de ces histoires d'ADN récupéré vingt ans après sur un bout de tissu. Et cependant, vingt ans après, par un aveu imbécile jeté à la corbeille à papier avec une imprudence ahurissante, je venais de fournir à Gisèle Grandpied de quoi m'envoyer en prison jusqu'à la fin de mes jours. J'imaginais le scandale. La une de la *Dépêche* et du *P'tit Basque*. Mon visage aux journaux télévisés du vingt heures. Mon crime rabâché en boucle sur les chaînes d'info. Idiote ! Idiote ! Idiote !

Et j'imaginais l'incrédulité horrifiée du docteur Trucmuche, de madame Pète-Sec, de Blanc-Bec, de mademoiselle Claudie, du kiné, des gendarmes abasourdis, des journalistes surexcités, du juge qui me condamnerait, de mes amis, de mes anciens employés, de ma cousine Lilette, sans parler de Lou-Ann, ma fille chérie, qui adorait son père. Le choc qu'elle aurait.

Si l'infarctus ne me terrassait pas, je sortirais par la seule issue honorable : le suicide. Je me jetterais de la falaise. Ou mieux, j'irais en Suisse me faire piquer…

Gisèle m'a tendu la page défroissée et pliée en quatre en s'excusant : « Pardonnez-moi. Je regrette. Je n'ai pas réfléchi. » Elle était repentante comme une petite fille qui a mangé la tablette entière de chocolat et demande pardon à sa maman. J'ai pris sur moi et je lui ai souri. Elle a hésité, un peu surprise, car elle s'attendait à ce que je l'engueule, puis elle m'a rendu mon sourire avec un soulagement qui ne m'a pas échappé.

« Vous ne m'en tenez pas grief ?

— Je suis l'unique responsable.

— De toute façon, c'est pas si grave, non ? »

Marie-Thérèse a secoué la tête de droite à gauche. « Avec vous, c'est jamais si grave que si c'était pire ! »

Gisèle s'est raclé la gorge.

« Alors, puisque j'ai lu ce que vous avez écrit, autant vous dire ce que j'en ai pensé, non ?

— Eh bien…

— Vous nous aviez prévenues que vous écriviez un remake de *La Belle au bois dormant*, donc je ne m'attendais pas à… je ne sais pas trop à quoi je m'attendais… en fait, comment dire ?… je veux dire… j'attendais quelque chose de… normal, disons. Parce que la Belle au bois dormant que vous nous avez racontée, sans vouloir vous vexer, à part qu'elle avait une mère au lieu d'une marâtre, bon, et à part qu'au lieu de finir heureuse elle tuait le crapaud, je… vous voulez dire quelque chose ? *(à Marie-Thérèse, qui levait le doigt comme à l'école)*

— Oui, je veux dire que par l'écriture le conte est devenu mieux. Par exemple le *splatch !* en écrit est plus rigolo que quand vous l'aviez dit en parole. Il me plaît ce *splatch ! Splatch !* »

L'espoir renaît. Je comprends qu'elles n'ont pas lu dans cette page l'aveu de mon crime et qu'elles ont gobé cette histoire de prétendu remake de *La Belle au bois dormant*. Ô chère Casse-pieds, merci de m'avoir enquiquinée et obligée à raconter cette niaiserie de conte de fées. Je suis sauvée. Le jour chasse la nuit. La fête de la vie continue !

« Je suis d'accord, dit Grandpied, ce *splatch !* est désopilant. Surtout que vous ne tuez pas le crapaud, vous tuez Alain Delon, nuance, j'ai compris. Donc ça va. Entre nous, le salopard qui a tué mon chien, un bon *splatch !* ne lui ferait pas de mal non plus à celui-là. Je… oui, Marie-Thérèse ? *(qui lève encore le doigt)*

— Quand Verdier dit à la Princesse qu'il n'est jamais trop tard pour mal faire, en écriture ça fait rire, alors qu'en vrai, quand il le dit avec son dentier qui claque, je ne le supporte pas. »

Grandpied déploie soudain les ailes de son érudition d'ex-bibliothécaire, ça lui arrive de temps à autre. Elle s'envole sur « un élément de réalité intégré à la fantaisie de l'imaginaire, procédé qui donne au conte une modernité plaisante au niveau de l'inclusion du réalisme, je veux dire… » et bla et bla. Elle fait des vrilles, des tonneaux, des loopings. On la perd. Les paupières de Marie-Thérèse s'alourdissent. Elle s'endormirait si, juste à temps, notre bibliothécaire ne redescendait à notre niveau. « Ce qui reste contestable, si vous me permettez, Alexandrine, c'est la structure : pourquoi commencez-vous par la fin ? »

Marie-Thérèse se réveille.

« Oui, c'est un peu dommage. Vous ne commencez pas par "il était une fois", Alexandrine, et ça, moi, je vous l'ai dit…

— Nous sommes sur la même longueur d'onde, Marie-Thérèse, c'est exactement pourquoi j'ai jeté cette page à la corbeille. Ce n'était qu'un essai, qu'un brouillon, qu'une possibilité. Quand je me suis relue, je…

— Non, mais en dépit de vos défauts d'écrivaine novice, coupe Gisèle, ça n'est pas nul. Ça ne me déplairait pas de lire la suite.

— Je prends ça pour un compliment, Gisèle. Vous me touchez. Merci.

— Moi aussi j'aimerais lire la suite, dit Marie-Thérèse. Moi aussi ça m'a bien plu, sauf quand même ce mot qui ne va pas : le « zob ». Ça non quand même. En parole, ça passe. En écriture, ça choque. Surtout dans un conte de fées. Retirez-le, à mon avis. Mais gardez le *splatch !*. Ah ! lui, il me plaît. *Splatch !*

— C'est sûr, ça fait rêver. *Splatch ! Splatch !* » répète Grandpied avec la gaieté d'un gamin pataugeant dans une flaque d'eau.

Je promets d'éliminer le mot « zob » et de leur faire lire mon conte dès que j'aurai fini de l'écrire (ce qui n'est pas pour demain).

14

Chambre de Marie-Thérèse.
À la fin du…
(Interruption / Toilettes)

À midi, on nous a servi le cabillaud en caoutchouc (surgelé) du vendredi, accompagné de chou-fleur à la mode bouillie pour chats. Mon estomac s'est révulsé et Grandpied a trouvé opportun de me rappeler l'intoxication alimentaire qui a fait cinq morts dans un EHPAD de Toulouse il y a quelques mois. Je me suis précipitée aux toilettes.

À la fin du repas, Marie-Thérèse m'avait chuchoté : « Venez dans ma chambre, mais sans elle. » Et, l'index sur la bouche : « Je ne la veux pas, elle coupe tout le temps. »

Dans sa chambre, en tête à tête, elle me dit :

« Ne le prenez pas mal, mais j'ai une petite question qui me trotte. Comment il est mort, votre mari ? En vrai, je veux dire.

— Mon ex-mari vous voulez dire ? Il a eu un accident.

— De voiture ?

— Non, il est tombé d'une terrasse en construction qui n'avait pas encore de rambarde.

— Dites donc ! Comment il a fait ?

— On suppose qu'il a voulu regarder en bas et qu'il a pu avoir un vertige. Ou qu'il a glissé. Trébuché, peut-être. On ne sait pas au juste.

— Vous étiez là ?

— Oui, mais en bas. Je l'ai vu tomber.

— Il a crié ?

— Oui, oh oui.

— Il a fait "aaaaah" ? Et *splatch !* ?

— Oui.

— C'est bien, conclut-elle en tripotant ses perles et en souriant. Bien, bien. »

Ma tension monte.

Marie-Thérèse me soupçonnerait-elle ? Non, voyons, mais non, tu es parano. La péripétie de la page volée dans la corbeille est tout à fait rassurante. Mais supposons qu'elle ait conçu quelque soupçon. Supposons un instant. Est-ce qu'elle me dénoncerait pour autant ? Je ne crois pas. Non. Sûrement non. Et me dénoncer auprès de qui ? Sur quelle preuve ? La page de mon cahier ? Elles me l'ont rendue, je ne crois pas qu'elles en aient fait une photocopie. Quoique. Mais non, non, je m'inquiète pour rien.

Marie-Thérèse enchaîne :

« Puisqu'on va aller voir mon marronnier avec votre fille, je vais vous raconter ma vie pour vous faire comprendre. Pas tout, ça serait trop long et, n'importe comment, dans une vie tout ne peut pas se raconter. Chacun a ses secrets, pas vrai ? Je vais seulement vous raconter les choses qu'il faut… » *(Interruption. Le poisson et le chou se rappellent à mes intestins)*

15

Elle est née, s'est mariée, a élevé ses enfants et a vécu toute sa vie à Iduzkian, la maison de famille. Voyager, pour quoi faire ? Cette maison était *mieux que le monde entier*. « Le plus que je l'ai quittée, c'est pour le voyage de trois jours à Pau, Hippolyte et moi, cent vingt-cinq kilomètres aller, cent vingt-cinq kilomètres retour, en train, dans le même département que nous, mais on aurait dit l'autre bout de la terre. Le Béarn et le Pays basque, c'est deux pays pas pareils. On allait au mariage de Marcel. Il a épousé une Béarnaise. »

La visite guidée du château natal d'Henri IV a déposé dans sa mémoire plus d'images que le mariage lui-même. Surtout la carapace de tortue géante qui a servi de berceau au plus grand des grands rois de France et des présidents de la République, comme disait Hippolyte. Ah, quel voyage ! « Pour nos noces de diamant, on voulait aller à Paris voir la tour Eiffel, mais Hippolyte est mort une semaine avant. Il avait quatre-vingts ans et moi soixante-dix-sept. J'étais jeune. »

Iduzkian était une ancienne ferme à colombages *à la mode basque*, blanche aux volets rouges, construite en 1795. Au faîte de sa prospérité (du temps des parents de Marie-Thérèse), la propriété se composait de la maison proprement dite et de cinq bâtiments annexes entourés de bonnes terres dont un jardin potager, un verger, une vigne, des bois, une rivière, des champs de maïs et des prés d'herbe grasse, et puis des vaches, des bœufs, des brebis, des cochons, des poules, des oies et des chevaux, sans parler des chiens, des chats, des pigeons et des colombes. Il y avait plus d'animaux que de gens. « Mais vous le savez, Alexandrine, tout mûrit et pourrit, tout apparaît et disparaît, les plantes et les animaux comme les hommes, et finalement, après la mort d'Hippolyte, il ne restait plus que quelques poules caquetant dans les prés autour d'un couple de pottok toujours flanqués d'Aglaé, une petite chèvre naine inséparable de ses deux amis. Quand ces trois-là sont morts, je ne les ai pas renouvelés et Hernandez m'a dit : "À présent, vos prés ne servent plus à rien, autant les vendre." J'avais déjà vendu un peu, j'ai vendu un peu plus. »

Dans ses rêves, Marie-Thérèse retrouve ses jambes et quitte la Résidence pour galoper à travers les prés et les champs de maïs en ce temps où Iduzkian était l'île heureuse de son paradis d'enfance. « On était la seule maison dans l'océan de terre qui nous entourait. On jouait à cache-cache entre les rangées de maïs, on faisait des cabrioles dans les prés, on pêchait des écrevisses dans la rivière, on cherchait des cèpes et des fraises sauvages dans les bois, on allait à l'école à pied.

On ne savait rien du monde qui était ailleurs. On ne se doutait pas qu'il existait comme il est... »

Mais à partir des années cinquante, le pays s'est offert aux appétits immobiliers qui ont grignoté les terres agricoles de façon discrète d'abord, avant de montrer les crocs de leur insatiable voracité. « On n'a rien à dire, nous aussi on a vendu des hectares, on ne voyait pas le mal. » Les bois ont disparu, les champs et les prés ont rétréci, des maisons ont poussé avec des murs autour et « un jour, on s'est rendu compte qu'on ne vivait plus chez nous. La ville avait mangé la campagne, notre maison s'était rapprochée de Biarritz, elle s'est mise à valoir bonbon ». Après le décès d'Hippolyte, le processus s'est accéléré. Les chemins de terre ont été goudronnés, « il fallait faire attention aux voitures en sortant de chez nous ». Hernandez et Lydie informaient Marie-Thérèse du prix des terrains qui se vendaient autour d'Iduzkian. Ils insistaient. « Ça monte, ça monte, qu'ils disaient. Je les laisser s'exciter, je faisais comme si je ne faisais pas attention. Enfin, ils m'ont bien eue quand même. »

Elle a fêté ses quatre-vingts ans, bon pied, bon œil, mais *eux* ne cessaient pas de manifester leur souci de la savoir seule dans sa grande maison, en été surtout, à cause des cambriolages. « Venez habiter chez nous, vous serez protégée, vous serez en sécurité, et nous, nous serons plus tranquilles », disait Hernandez. Elle répondait : « Je verrai quand j'aurai quatre-vingt-dix ans. » Hernandez a seulement réussi à lui faire vendre quelques dizaines d'hectares supplémentaires. Il s'est occupé de tout.

« Dites Alexandrine, ça tient toujours votre promesse d'aller voir le Grand Papa ?

— Mais oui, Marie-Thérèse, je vous l'ai dit, n'en doutez pas, Lou-Ann nous y emmènera, sinon ce sera Lilette. Et sinon, on prendra un taxi.

— Vous êtes gentille, parce que les arbres, vous, quand même, vous les préférez plutôt coupés dans votre scierie landaise, non ? »

Elle poursuit : « Le Grand Papa, je vous ai déjà dit son âge : deux cents ans. Deux fois le mien. Au départ c'était juste un petit marron. Il était arrivé d'on ne sait où et il a pris racine à un endroit qu'il n'aurait pas fallu. Personne s'est méfié. Il a poussé, poussé, poussé, il est devenu grand comme un château. Mais il était *trop* devant la maison. Il faisait de l'ombre embêtante. Mon arrière-grand-père avait dit : on va le couper. Et puis mon grand-père. Et mon père. Et mon mari. Mais ils ne l'ont pas fait parce que toute la famille aimait sa personnalité. C'était notre ami l'arbre. Quand le monde de ma vie a disparu… mon fils mort, mon mari mort, la petite chèvre et les deux pottok morts… Lydie était vivante, mais je ne la voyais presque jamais, sauf si elle avait de l'argent à demander – elle a toujours été jalouse de son frère, elle m'en voulait pour tout ce que j'avais dit et pas dit, fait et pas fait, donné pas donné… je veux dire que quand j'ai été seule comme un vieux croûton, il me restait encore mes deux plus grands amis pour me consoler : un, mon marronnier et deux, la cheminée du salon. C'est beau aussi l'hiver au coin du feu, avec les flammes qui lèchent les bûches… les châtaignes qui grillent dans la poêle à trous… mon tricot… j'avais pas besoin de télé. Enfin mes quatre-vingt-dix ans sont arrivés, puis je les ai dépassés, et Hernandez me faisait des conférences : "Vous avez beau avoir un jardinier, une femme de ménage, une dame de compagnie et une garde de nuit, ça ne suffit plus, mamounette, la sécurité n'y est pas. On n'en dort plus de vous savoir seule dans cette maison. Elle n'est plus adaptée à votre âge. Seule à Iduzkian avec votre garde qui pèse cinquante kilos toute mouillée ! Seigneur ! Qu'est-ce qu'elle ferait votre garde si on vous attaquait en pleine nuit ? Qu'est-ce qu'elle ferait, hein ? Vous ne voyez pas tout ce qui se passe ? Pas plus tard qu'il y a deux jours, cette pauvre mamie de quatre-vingt-dix ans et quelques, *comme vous !…* ils l'ont *violée*. Oui mamounette, violée. C'est monstrueux, c'est abject, mais c'est la triste réalité, ils l'ont *violée*, battue, rouée de coups, elle est à l'hôpital de Bayonne, on ne sait pas si elle s'en sortira. Vous croyez que c'est une façon de mourir, ça ? Ah, vous nous donnez du souci, mamounette. Tous les soirs nous pensons à vous dans cette grande maison. À votre solitude. À votre vulnérabilité. Tous les soirs. S'il vous arrivait quelque chose, on ne se le pardonnerait jamais. Que Dieu nous en préserve. Ça ne peut pas continuer. Ça n'est plus possible. Mais je sais, vous ne voulez pas quitter Iduzkian parce que vous avez peur de venir chez nous, parce que Lydie n'est pas assez démonstrative, parce que vous croyez qu'elle ne vous aime pas, je me trompe ? Excusez-moi de vous le dire, mais c'est tout le contraire. Lydie se ronge les sangs à votre sujet. Le soir avant de s'endormir, dans le noir, elle me dit : penser que maman dort là-bas ! Tout le temps elle y pense.

Et moi, vous savez ce qu'on me dit ? On me dit : mais enfin Hernandez, comment pouvez-vous *abandonner* votre belle-mère toute seule dans cette grande baraque ? J'ai honte, mamounette. Les gens croient que *nous vous abandonnons*, vous vous rendez compte ? Oui j'ai honte. Je baisse la tête dans la rue. Et moi j'aime marcher la tête haute. Il faut que ça cesse. Je vous le demande à genoux, je vous en conjure, je vous en supplie, venez habiter chez nous. Laissez-nous nous occuper de vous et vous faire une vie de bonheur. Vous verrez combien votre fille vous aime. Elle serait *si heureuse* que vous veniez vivre près d'elle. Qu'enfin vous l'aimiez comme elle l'a toujours espéré. Parce que… je ne vous fais aucun reproche, mamounette, je n'ai pas de leçon à vous donner, mamounette, mais examinez votre conscience avec sincérité et reconnaissez que vous avez toujours préféré votre fils à votre fille. Mais si, mais si. Pensez-y. Nous aménagerions votre chambre avec votre commode, votre fauteuil Louis XIII, votre coiffeuse en bois de rose, vos vases en cristal et en pâte de verre, vos porcelaines de Saxe, vos *moindres* bibelots, je vous le promets, je vous le jure, vous retrouveriez chez nous une chambre à l'identique, copiée collée. Avec une cheminée et un bon feu en hiver. Je m'y engage. Évidemment, vous n'aurez plus votre marronnier. Ça, je ne peux pas dire le contraire. C'est vrai, on ne peut pas le transplanter et j'en suis bien désolé, croyez-moi. Mais d'un autre côté, vous profiterez du confort des fenêtres à double vitrage, d'un meilleur chauffage, de la climatisation, de la navette qui mène en centre-ville. Et puis vous aurez l'Océan. Dès votre réveil, l'Océan. La symphonie de l'Océan ! L'odeur enivrante des embruns ! Un surfeur qui danse sur la crête blanche des vagues éternelles ! Un bateau dans le lointain ! Les cris des mouettes !… Il y en a qui paieraient des fortunes pour un tel privilège. Et puis entre nous, objectivement, qu'est-ce que vous risquez ? Parce que… imaginons. Vous quittez Iduzkian et vous emménagez chez nous. Et trois mois, six mois, un an plus tard, on n'est pas aux pièces, hein… souvent femme varie, je sais, je sais… imaginons que vous regrettez Iduzkian, que vous avez envie d'y revenir. Il se passe quoi ? Vous voulez le savoir ? Eh bien c'est prévu : vous revenez à Iduzkian après quelques travaux de sécurisation, évidemment. Simplement. Voilà tout ! Mais entre nous, ça m'étonnerait que vous n'appréciiez pas le confort moderne de votre nouvelle existence. Architecte c'est mon métier, faites-moi confiance. Enfin, je n'insiste pas. Je ne veux pas vous influencer. Mais vous adorerez votre nouveau chez-vous, je vous le garantis… je prends le pari… on parie ? On tope !" »

Marie-Thérèse a abandonné sa vaste demeure pour l'appartement aménagé par Hernandez et Lydie, cinquante mètres carrés avec terrasse donnant sur l'Océan. Comparé à Iduzkian, c'était un placard à balais. Mais clair, confortable, avec des avantages tels que la navette municipale qui s'arrête à quelques minutes de la maison et vous dépose où vous voulez en ville pour flâner, faire les magasins, vous promener le long des plages, prendre un thé à la pâtisserie Miremont – quoique les gâteaux ne soient plus ce qu'ils étaient, ils ne font même plus le roulé citron, alors vous savez…

Les premiers temps, une fois par semaine, Lydie conduisait sa mère à Iduzkian pour aérer la maison et rendre visite au marronnier. « L'Océan c'est magnifique, c'est grandiose, tout ce que vous voulez, mais moi je m'ennuyais de mon arbre. Il avait été dans ma vie nuit et jour pendant plus de trois cent soixante saisons, j'ai calculé. Alors pardon si je préférais mon marronnier à l'Océan, je m'excuse. »

Quand elle allait le voir, elle se blottissait contre son tronc, elle murmurait : « Ne t'inquiète pas, je reviendrai, attends-moi, mon ami… et si je ne reviens pas, une gentille famille viendra, les enfants feront des poupées avec tes marrons, je te le promets… »

Trois mois ont passé. « Hernandez me faisait toujours son baratin de gendre comme il faut » et, en emmenant sa mère au Grand Papa une fois par semaine, Lydie faisait celle qui la comprenait. Alors à force, à force, *ils ont gagné.* Marie-Thérèse a accepté de s'installer définitivement chez eux et de vendre Iduzkian à une condition : que l'acquéreur ne coupe pas le marronnier. Hernandez s'y est engagé, croix de bois, croix de fer, si je mens je vais en enfer. Justement il avait un ami intéressé par la maison, un écolo qui *jamais au grand jamais* ne couperait un arbre, d'ailleurs maintenant les vieux arbres sont protégés, disait-il. L'affaire a été rondement menée, il s'est occupé de tout, et subitement, *en deux coups de cuillère à pot*, Iduzkian était vendue.

Aussitôt après la vente, le couple a décidé de prendre deux semaines de vacances aux Antilles. Un vieux rêve. Et parce qu'ils ne voulaient pas la laisser seule, ils ont offert à Marie-Thérèse de se joindre à eux. « Ils savaient que je refuserais. » Alors après avoir beaucoup réfléchi soi-disant, ils lui ont proposé de séjourner à la Résidence Biarritz Bonheur « pour deux semaines, mamounette, deux petites semaines. Vous y serez en parfaite sécurité, bien nourrie, bien surveillée, et nous, nous partirons l'esprit tranquille. »

Ça a été des discussions. Marie-Thérèse était récalcitrante. Même pour deux petites semaines, c'était non et non. À la fin, un jour, à table, Hernandez a *fait son gentil* : « Très bien, mamounette, c'est vous qui décidez. Vous refusez de séjourner deux petites semaines à la Résidence ? N'en parlons plus. D'un autre côté il n'est pas question de vous laisser seule ici derrière nous, pas même avec une garde de nuit. Certainement pas, ah non, ah ça non. Voyez pas qu'il vous arrive quelque chose en notre absence ? Un AVC, un infarctus, un col du fémur fracturé, un cambriolage, de faux policiers, des terroristes, n'importe quoi, oh là là là là ! Je préfère ne pas y penser. Si vous ne voulez pas séjourner à la Résidence, c'est votre choix, vous êtes libre, pas de souci, j'annule nos vacances. Nous ne partons pas. Adieu les Antilles. J'ai promis ce voyage à Lydie depuis des années, on s'en faisait une joie, c'était un vieux rêve, mais ce n'est pas grave, ça n'a pas d'importance, on ira un jour ou on n'ira jamais, la seule chose qui nous tienne à cœur, c'est votre bien-être… »

Alors évidemment, Marie-Thérèse n'a pas voulu les priver de leur rêve et elle a accepté de séjourner *provisoirement* à la Résidence. Elle est arrivée sur ses trois jambes (en comptant la canne). Elle disait : « Je ne fais que passer. » Mais au retour des vacances, Hernandez a entrepris des travaux dans leur maison et le séjour de Marie-Thérèse à Biarritz Bonheur a été prolongé – « trop de poussière et trop de bruit pour vous, mamounette ». Un mois. Deux mois. Trois mois. Six mois plus tard, Hernandez a proposé à Marie-Thérèse de « personnaliser » sa chambre avec le fauteuil Louis XIII, les photos et un de ses vases en pâte de verre. Marie-Thérèse est devenue résidente permanente. Elle a demandé un fauteuil roulant pour se déplacer.

J'ai réitéré ma promesse : nous irons à Iduzkian dès l'arrivée de Lou-Ann à Biarritz. Marie-Thérèse a soupiré.

« Je lui dirai adieu. Et puis…

— Et puis quoi, Marie-Thérèse ?

— Rien.

— Mais si ! Dites !

— Non, non, rien. Un autre jour, peut-être… »

16

Ma fille. Je pense à elle. Il est deux heures du matin. Grandpied ronfle. Je viens de rallumer la lumière…

Le soir, une fois Lou-Ann couchée, Léo sortait après avoir raflé l'argent réservé aux courses de la semaine et *emprunté* ma carte de crédit. Il disparaissait pendant une, deux, trois nuits, revenait avec une tête de fêtard asthénique, puant la sueur, l'alcool et le tabac. Il prenait un bain en jetant par terre ses fringues et ses sous-vêtements (à moi de les ramasser et de les nettoyer), réclamait un café et quelque chose à manger (trop épuisé pour avoir la force de se faire cuire un œuf), il n'avait pas envie de parler, il avait besoin de se reposer et je n'allais pas encore l'emmerder avec mes questions et ma jalousie maladive. Je l'empêchais de respirer, je l'étouffais, mais bordel, est-ce que le pois chiche qui me servait de cervelle parviendrait à comprendre qu'on ne peut pas mettre un homme en cage ? Je me défendais. On se disputait. Le ton montait et quand je l'avais *poussé à bout au-delà de ce qu'un homme peut supporter*, il explosait.

Il hurlait, donnait des coups de couteau furieux dans les tables, les portes et les armoires, menaçait de se faire hara-kiri – « c'est ça que tu veux, hurlait-il, tu veux que je me tue, tu veux ma mort ? » –, il cassait, brisait, détruisait, déchirait mes robes, renversait les tables, vidait les tiroirs et les armoires, fracassait les chaises contre le mur, éventrait les placards, trépignait, vociférait comme un possédé. Parfois il me collait au mur en me serrant le cou pour m'agonir d'insultes hurlées à deux centimètres de mon visage.

L'orage passé, je lui disais : « Je n'aimerais pas qu'un jour Lou-Ann me retrouve morte, étranglée. » Il rigolait. Il se maîtrisait parfaitement, c'était moi qui ne me maîtrisais pas et qui le poussais à bout. Ma jalousie maladive et la violence de mes attaques verbales le rendaient fou. Les mots peuvent rendre dingue, les mots peuvent tuer, disait-il. La marque de ses doigts sur mon cou signifiait non pas qu'il avait été au bord de m'étrangler mais que ce *simulacre* d'étranglement était le *seul moyen* de me faire entrer dans la gorge la violence des mots que je lui balançais. Je devrais apprécier ma grande chance, disait-il, je n'étais pas l'une des dix femmes battues qui finissent à l'hôpital et meurent chaque mois sous les coups de leur conjoint. Si j'avais quelque chose dans la cervelle, je devrais y réfléchir. Et réaliser que j'étais l'unique responsable de ses colères et de l'échec de notre mariage…

Trois heures du matin.

17

Au retour de ma séance avec le kiné, je suis stoppée par un gémissement qui se mêle à la voix exaspérée de mademoiselle Claudie. Je constate que la porte de la chambre 209 est mal fermée (le pêne de la serrure n'est pas entré dans la gâche), alors je la pousse doucement avec le pied de mon déambulateur.

Une très vieille femme tourne la tête vers moi. Elle est assise sur son lit, livide, torse nu, les seins pitoyables, la peau plissée sur son squelette dont les os se dessinent avec la netteté d'une planche anatomique. Je vois dans ses yeux qu'elle a perdu pied, elle se noie, elle n'est déjà plus de ce monde. Un gémissement continu s'échappe de sa bouche déformée par un rictus de douleur. Cette femme est la souffrance à l'état pur.

Mademoiselle Claudie la récure à coups vigoureux de gant de toilette. La vieille femme tente un mouvement pour retirer son bras. Mademoiselle Claudie, ça l'énerve : « Arrêtez de faire votre chochotte, mamie, arrêtez, je n'ai pas que vous à m'occuper qu'est-ce que vous croyez ? j'en ai dix encore derrière vous qui m'attendent. Il faut vous laver, j'ai mon protocole à respecter, je dois vous laver point barre. Après vous sentirez bon, ça fait du bien d'être propre et de sentir bon plutôt que de sentir le pipi de vieux, non ? » La vieille femme me fend le cœur.

Mademoiselle Claudie a senti une présence. Elle se retourne et me découvre.

« Qu'est-ce que vous faites là, madame Dumas ?

— J'admire votre savoir-faire, votre délicatesse, votre… »

Elle pointe son gant de toilette vers moi.

« Dans votre chambre ! Tout de suite ! Allez ! Ouste ! avant que je me fâche ! »

Bouffée de haine.

Je me replie dans ma chambre et vais m'asseoir sur la cuvette des chiottes pour pleurer comme au bon vieux temps de mon mariage… de mon enfance… – il me revient une phrase lue quelque part chez Shakespeare : « un vieillard est enfant pour la seconde fois ». C'est ça. La vieillarde que je suis pleure comme la petite fille que j'étais.

Je suis encore sur la cuvette, la tête dans les mains, lorsque mademoiselle Claudie entre comme un boulet de canon dans la salle de bains pour m'engueuler. Je ne réponds pas. La séance chez le kiné m'a épuisée. Je me suis allongée et j'ai rédigé dans ma tête une deuxième lettre au président.

Monsieur le Président de la République,

Suite à ma précédente missive, je vous propose d'améliorer immédiatement et sans que ça vous coûte un rond le sort des personnes âgées malades et dépendantes.

Interdisez aux aides-soignantes et aux infirmières de faire de la toilette, de la douche et du changement des couches des séances de torture. Halte à la maltraitance hygiénique.

Obligez le personnel à respecter la pudeur des vieilles personnes. Le petit coin ne permet pas seulement de cacher les dégoûtations malodorantes dont leur vieux cul se rend chaque jour coupable, il est aussi le dernier espace « privé », le dernier refuge d'une vie dont elles sont dépossédées. Frappez avant d'entrer.

Veuillez agréer, Monsieur le Président, ma sincère déconsidération distinguée.

Signé : La vieille peau de chagrin.

18

Grandpied, Marie-Thérèse et moi taillons une bavette devant la porte de ma chambre. Il est question d'Hernandez.

« Quand on parle du loup... » dit Grandpied.

Hernandez a surgi au bout du couloir, sapé comme le roi d'Espagne : costume bleu, chemise blanche, cravate club, mocassins cirés. C'est dimanche. Il vient chercher Marie-Thérèse. Le cheveu (teint) noir de jais, les implants de son sourire aussi éblouissants que les touches d'un Steinway, il se dirige vers nous en s'arrêtant pour serrer la main de *celles et ceux* qu'il croise.

« Bonjour, monsieur Lassalle ! Quel plaisir de vous rencontrer ! Vous me reconnaissez ? Henri Hernandez. L'architecte de votre résidence. Bien sûr que vous me reconnaissez ! En pleine forme, monsieur Lassalle, dites-moi ! Ma parole, vous pourriez battre Usain Bolt avec votre déambulateur ! Bolt ! Mais si ! Le Jamaïcain noir qui a gagné les Jeux olympiques. Un éclair ! Une flèche ! Mais si, voyons ! Bolt ! Bon, ça ne fait rien. Et Mbappé vous le connaissez ? Il court vite aussi, lui !

Un vrai lièvre ! Vous ne voyez pas non plus ? Ça ne fait rien. Mais je peux vous dire que Bolt et Mbappé peuvent essayer de s'aligner avec vous et votre déambulateur sur la ligne de départ, hein ! Ils n'ont aucune chance ! Je blague, monsieur Lassalle, vous savez que je suis un blagueur, monsieur Lassalle… pardon ?… Laporte ? Oh, excusez-moi monsieur Laporte ! Suis-je distrait ! Où avais-je la tête ? *(Tapotage de l'épaule de monsieur Laporte)* En tout cas, je suis content de vous voir, très content, et ça tombe bien que je vous rencontre parce que j'ai une bonne nouvelle à vous annoncer : je me présente aux élections pour être député… député pour faire les lois à l'Assemblée nationale et défendre *vos* intérêts, oui, *vos intérêts*, parce que Daniel Aurousseau votre député a eu un accident et il ne peut plus assurer sa députation. Vous ne le saviez pas ? Eh bien, maintenant, vous le savez et vous pouvez le dire autour de vous. Je me présente. Vous voterez pour moi, hein, je compte sur vous, monsieur Laporte ! Je compte sur mes amis et mes amis peuvent compter sur moi. »

Il a fourgué un prospectus à monsieur Laporte, un à Grandpied, un à moi, pas de jaloux. On peut lire, au recto, la profession de foi du candidat et, au verso, admirer ses dents étincelantes au-dessus de son slogan : *Fier de sa circonscription et fier de l'être.*

J'aurais peut-être dû lui demander de faire passer mes lettres au président.

P.-S. : J'ai retrouvé. « On dit qu'un vieillard est enfant pour la seconde fois. » *Hamlet.*

19

En traînant ses grands pieds et en ouvrant ses larges oreilles du côté de la salle des infirmières, Gisèle a appris que Verdier avait été plongé dans un coma artificiel. « C'est une vieille carne, il est coriace, il peut s'en sortir », aurait dit Pète-Sec. Grandpied, ça l'énervait : « Mais qu'est-ce qu'elle en sait, cette *pute* ? » Ses yeux étaient exorbités, elle faisait les cent pas, elle se tordait les doigts. Elle n'a pas pris ses médicaments, j'ai pensé.

« Il est à l'âge fatidique, disait-elle. Pas d'enfants, pas de famille, les copains avec qui il jouait aux boules et aux cartes sont tous *kaput*, le vélo *terminado* à cause de ses genoux, il a arrêté de fumer, arrêté de picoler, il ne lit pas, même pas le *P'tit Basque*, la télé l'emmerde… qu'est-ce qu'il lui reste ? Le dernier truc qui aurait pu le motiver, c'est le radada. Mais avec qui ? Marie-Thérèse, c'est non… Vous, Alexandrine, avec le ramponneau de déambulateur que vous lui avez flanqué, il ne vous approchera plus… Moi, n'en parlons pas, je ne compte pas… La Claudie et la Pète-Sec sont pas non plus du genre à jouer de la flûte à bec, enfin peut-être, mais pas avec lui… La gaudriole à la Résidence, il peut faire une croix dessus. Rien ne le rattache plus à la vie. Vous allez me dire que la vie rattache à la vie qu'on le veuille ou non, c'est la loi de la vie qui ne vous demande pas votre avis. Wa ! l'aphorisme ! Bravo Grandpied ! Admirez ! Je me fais des compliments avant que vous ne m'en fassiez pas, comme ça… Oui je disais, il n'a aucune raison de s'en sortir mais pourquoi il ne s'en sortirait pas ? Y a pas de raison. On se croit éternel et peut-être qu'on l'est, après tout. N'importe comment, le plus embêtant n'est pas qu'il meure puisqu'il faut mourir, c'est la loi de la mort qui ne nous demande pas non plus notre avis. Pour naître comme pour mourir, on fait comme on nous dit de faire, c'est le dictateur là-haut qui décide, je ne vous l'apprends pas. Non, le plus embêtant est que pas une seule personne au monde ne versera une larme sur ce pauvre Verdier. Et je vous demande : est-ce que notre vie vaut la peine d'être vécue si notre mort ne fait pas couler une seule larme sur la joue d'une seule personne ? On pourrait se cotiser pour lui offrir les larmes et les cris d'une pleureuse professionnelle, sauf que ça n'existe pas dans nos pompes funèbres, nous, on offre des couronnes de fausses fleurs aux couleurs psychédéliques et des rectangles de marbre gravé : *À notre cher disparu*, *Pour toujours dans nos cœurs*, *On ne t'oubliera jamais*… Tu parles, Charles ! On oublie et on est oublié. C'est la loi du souvenir éternel qu'on oublie en trois minutes. »

Elle était donc venue me rendre visite dans le seul but de me prendre la tête. Elle m'enquiquinait. J'avais envie d'écrire et d'être seule. Je ne voyais qu'un moyen de la faire sortir de ma chambre : lui offrir un thé au distributeur du « lieu de vie ». J'allais le lui proposer lorsqu'elle me dit :

« Au fait, il est mort de quoi votre mari, au juste ? »

Alerte rouge, danger.

« Mon mari ? Mon ex-mari, vous voulez dire ? Il a fait une mauvaise chute.

— Comment ça ?

— Il est tombé d'une terrasse.

— Pétard ! Comment c'est arrivé ?

— Dans un immeuble en construction, la rambarde de la terrasse n'avait pas encore été posée.

— Mais qu'est-ce qu'il faisait là ?

— Il visitait…

— C'est à cause de lui que vous tuez le crapaud en le jetant du haut du donjon ? C'est lui qui vous a inspirée ? »

J'ai éclaté de rire aussi naturellement que possible.

« Il était comment ? Votre ex, je veux dire. »

Il fallait couper court.

« On pourrait changer de conversation, Gisèle ? Je déteste revenir sur le passé. Je ne parle jamais de mon ex-mari comme vous avez pu le remarquer.

— Oh, excusez-moi, Alexandrine, pardon, oh pardon, je ne voulais pas être indiscrète, ce n'est pas mon genre, je suis navrée de remuer des secrets dont vous n'avez pas envie de parler, je peux le comprendre, vous savez, oh ! je le comprends, surtout si… mais c'est parce que… je veux dire, c'est de la page que j'ai trouvée dans votre corbeille. “Aaaaah !”… *Splatch !*… Ça m'a retourné la tête, ce *splatch !*. J'y pense tout le temps. Le voisin qui a tué mon chien, moi aussi j'aimerais le splatcher du haut du phare… *splatch !* sur les rochers… J'en rêve. Je ne parle pas de rêve pendant le sommeil, de rêve malgré moi, non, je parle de rêve lucide, en pleine conscience, les yeux ouverts. Tiens, ce matin même. J'étais à ma toilette, tranquille, quand le salopard s'infiltre dans ma tête. C'était un jour de match de l'équipe de France de foot. Il était seul devant sa télé à picoler de la bière et se goinfrer de chips, de cacahuètes et de chorizo. J'ai frappé à sa porte. Il ne m'a pas entendue parce que le son de la télé était à fond. J'ai tourné la poignée et je suis entrée – c'était pas fermé à clé. Le salopard était debout, il sautait sur place comme un kangourou en vociférant : "Penalty, putain, penalty !" Il ne m'a pas entendue. C'est en retombant sur son canapé qu'il m'a vue, le fusil de chasse de mon père pointé sur sa poitrine. Il a écarquillé les yeux et il s'est mis à bégayer :

"Ma ma ma mademoiselle Grandpied, qué qué qu'est-ce que vous faites là ?

— Je suis venue vous faire une commission.

— Une co, une co co mission ?

— Oui mon salaud, une commission du roi Dagobert.

— Vous… vous plaisantez ?

— Non, mon salaud, non, je ne plaisante pas, la vie n'est pas une plaisanterie et c'est pas moi qui le dis, c'est monsieur Schopenhauer. Ouvre tes oreilles mon gros, ouvre-les en grand et écoute ma commission : t'as le bonjour de mon chien !"

Et pan !

Il s'est écroulé, mais il n'était pas mort. Alors je lui ai refilé deux autres bastos dans le buffet, comme dit Jean Gabin. Pan ! Pan ! C'était marrant… On rigole mais en vrai, je vous le dis comme je le pense, si je pouvais retrouver le fusil de mon père, je le ferais, je vous jure, je le ferais. Mais je vous rassure : je ne le retrouverai pas vu qu'il a été enterré avec mon père. Sur Internet il paraît qu'ils en vendent. Vous savez bien vous en servir d'Internet vous, non ? Juste par curiosité, vous pourriez pas vous renseigner si c'est possible ? D'acheter un fusil, je veux dire.

— Vous plaisantez ?

— Au moins autant que vous avec votre *splatch !*. »

20

Aujourd'hui dimanche.

Suis déterminée à boucler l'histoire de mon anniversaire.

22 mars 1985. Je rembobine...

Au dessert, il y a eu ce coup de téléphone. J'ai décroché parce que je croyais que c'était quelqu'un d'autre.

« Allô, c'est moi, Léo. Tu vas bien ? »

Je réponds brièvement, comme je le fais lorsque je tombe sur lui : je me garde de l'interroger sur sa santé ou son travail, je n'entretiens ni ne relance la conversation et s'il tente une discussion, je réponds par de laconiques « ah ?… vraiment ?… c'est ce que j'ai entendu dire… » qui épuisent rapidement le sujet. Depuis dix ans que nous sommes séparés, j'assure de cette façon le minimum de notre relation téléphonique.

« Ne quitte pas, Léo, je vais chercher Lou-Ann.

— Non, non, c'est à toi que je voudrais parler. À toi, Alexandrine. J'ai des choses importantes à te dire. »

On avait bien mangé, ri, chanté, fait sauter le champagne. Les petites bulles avaient chassé mon humeur chagrine du matin, j'étais un peu pompette, j'avais cinquante ans, youpi tralala, vive la vie, Léo voulait probablement me souhaiter mon anniversaire – les petites bulles me faisaient oublier qu'il ne me souhaitait pas, ne m'avait jamais, pas une seule fois de notre vie maritale, souhaité, mon anniversaire.

Il a commencé par : « Je suis heureux, heureux, heureux, je suis heureux comme je ne l'ai jamais été de ma vie ! »

J'ai fait « oh ! » puis « ah ! » et j'ai eu droit aux raisons de tant de bonheur.

D'abord, le dernier film dans lequel il avait tourné venait d'être sélectionné au festival de Berlin. Il y tenait un second rôle *fondamental* et les gens qui avaient visionné le film, des professionnels qui ne parlaient pas en l'air, lui prédisaient un Ours d'argent pour son jeu excellentissime et tout simplement magistral, ils avaient même trouvé… il était presque gêné de le répéter, il ne voulait pas paraître vaniteux… mais le fait est que selon ces gens, son jeu supplantait la prestation de Gérard Depardieu – assez convenu dans le premier rôle, faut dire ce qui est. Et bla et bla et bla.

Mais il y avait mieux.

Voilà. Il avait rencontré une femme. Elle s'appelait Sharon W., elle était la fille d'un immense producteur américain à qui l'on devait ceci et cela (énumération de séries et de films ayant reçu des Emmy Awards et des oscars). À l'instar de son père, Sharon était devenue une productrice à succès. Elle avait notamment produit… (énumération de films, nombre d'entrées et récompenses). Mais la question n'était pas que Sharon fût productrice ou secrétaire, tu me connais, disait-il, je ne suis pas un type intéressé. L'essentiel, vois-tu, comment le dire *(il cherchait ses mots)*… en plus d'être une femme d'affaires hors pair, Sharon était une *vraie* femme. Une vraie femme, répétait-il. Elle et lui c'était… tu ne peux pas savoir !… une magie, une alchimie, une fusion *quantique* des corps et des esprits, l'amour avec un grand A, *enfin* l'amour ! Il l'aimait, elle l'aimait, elle était la femme de sa vie, avec elle il trouvait un sens à l'existence, *enfin* ! Avec elle, il s'épanouissait et il était heureux, prodigieusement heureux, heureux comme il ne l'avait jamais été. Sharon était merveilleuse, Sharon était belle, Sharon était intelligente, Sharon était talentueuse, Sharon était élégante, et : « Elle souhaite te rencontrer, devenir ton amie et que nous formions ensemble une grande famille recomposée, toi, moi, Sharon, Lou-Ann et les trois grands enfants de son premier mariage, qui font leurs études aux USA et sont enthousiasmés par l'idée de venir passer leurs vacances en France. » Car Sharon s'était installée à Paris. Elle avait acheté un pied-à-terre au Trocadéro, trois cents mètres carrés permettant de loger *tout le monde* sans qu'on se marche dessus. D'ores et déjà Lou-Ann y avait sa chambre. « Elle pourra s'inscrire à la fac à Paris puisqu'elle déteste Bordeaux, finir ses études et vivre dans la capitale, c'est tout ce qu'elle souhaite, elle a seulement peur que tu ne l'y autorises pas. Je parlerai à ta mère, je lui ai dit, ne t'inquiète pas, elle sera d'accord, tu verras, n'aie pas peur… »

Sa voix a dissipé l'ivresse du champagne. Une sourde colère me serre la gorge.

Qu'il me chante l'aria de la *vraie* femme avec qui il a rencontré *enfin* l'amour… passe. J'étais cuirassée. Pour tout dire, si sa goujaterie m'irritait, une part de moi se réjouissait à l'idée qu'une femme tombée sous son charme allait s'engluer dans la toile d'araignée qu'il tisserait autour d'elle une fois la lune de miel consommée… et que cette femme n'était pas moi.

Mais apprendre que ma fille chérie avait comploté dans mon dos pour me quitter et poursuivre ses études à Paris, que lors de son dernier séjour chez son père elle avait en réalité séjourné chez Sharon où elle avait sa chambre… et qu'elle n'avait pas soufflé un traître mot de tout ça… ah ça non, ça non, je ne m'en foutais pas. « On en reparlera », lui dis-je froidement, pour abréger la conversation.

Mais il n'en avait pas encore fini avec ses révélations perfides.

D'abord, il voulait m'informer, avant que je ne l'apprenne par Lou-Ann, qu'il avait placé *toutes ses économies* dans l'achat d'une maison en Bretagne. Il n'en pouvait plus d'être comme un oiseau sur la branche, sans rien à lui, tu comprends. De tous les gens qu'il fréquentait, il était le seul à ne pas être propriétaire d'une maison, d'un appartement, ou ne serait-ce que d'un bout de terrain. Il avait donc décidé d'investir et il avait flashé sur cette maison. C'était une maison spacieuse, une maison sensationnelle, une maison ci, une maison mi, beau terrain, vue sur la mer, blabla, blabla. La famille pourrait y passer des week-ends, Lou-Ann y viendrait en vacances avec ses amis, et toi aussi, disait-il, si tu as envie de te changer un peu de la côte landaise, la Bretagne te tend les bras, tu es invitée.

Un comble ! L'homme que j'avais entretenu pendant des années... qui jamais ne m'avait remboursé un kopeck de l'argent pharaonique qu'il m'avait coûté, emprunté, escroqué... qui jamais ne m'avait payé un sou de pension alimentaire... cet homme s'achetait une maison avec *ses économies* et il m'y invitait *de bon cœur* ! Les bras m'en tombaient des oreilles, aurait dit Marie-Thérèse.

Ne recevant pour tout commentaire qu'un silence indéchiffrable, il insistait : « Qu'est-ce que tu en penses ?... C'est chouette, non ?... Et ah, attends ! J'ai une autre supernouvelle... je la gardais pour la bonne bouche... à cent contre un qu'elle va te faire plaisir... »

Le frère de Sharon, grand avocat international *supercompétent et supersympa*, allait s'occuper de notre divorce. Tout vient à point à qui sait attendre, tu vois. Ça se ferait très vite, on n'avait plus de temps à perdre parce que lui et Sharon comptaient se marier à la mi-juillet. Mais *pas de souci*, disait-il, il prenait tous les frais de procédure à sa charge, je n'aurais rien à débourser, et je n'aurais pas à me déplacer, juste signer les papiers. Un vrai Prince.

J'ai raccroché.

Une minute et ça sonne. Le même Prince, version crapaud. « Tu me raccroches au nez ? Tu crois que je ne sais pas pourquoi ? Que je ne sais pas ce qui agite ta petite cervelle ? Je vois clair, va : tu es jalouse à crever, tu ne supportes pas que je sois heureux avec une autre femme, et puis tu l'as en travers que Lou-Ann préfère vivre avec moi et Sharon. Mais je vais te dire, moi, ce que Lou-Ann n'ose pas te dire en face : elle en a marre d'être sous ta dépendance, tu l'étouffes, tu comprends ? Tu l'étouffes comme tu m'as étouffé… »

C'est à ce moment-là que je l'ai imaginé agonisant à mes pieds après avoir dégusté la religieuse au café dans laquelle j'avais injecté ce poison coréen fatal…

J'ai débranché la prise du téléphone et suis allée causer à une bouteille de champagne.

Cinq années devaient s'écouler avant… *(Interruption)*

21

Une tique monstrueuse gonflée de sang (mon sang !) s'agrippait à mon aisselle. Je tirais, je tirais, je tirais de toutes mes forces pour l'arracher à son étreinte abjecte, mais elle se cramponnait sans cesser de pomper mon sang. Jamais je ne pourrais l'extirper. J'étais désespérée. On me secouait.

« Alors mamie, elle fait la grasse matinée ? Elle se croit à Tahiti ? Il est huit heures dix ! Allez, elle se lève, allez, allez, elle se bouge… »

Mademoiselle Claudie a remonté le store. Le ciel bleu, sans nuages, annonçait une belle journée. J'ai refermé les yeux, je me suis imaginée sur la Grande Plage, assise sur une serviette, les genoux relevés, le menton sur les genoux. Je contemplais l'Océan, il reculait, c'était marée basse… et si je courais vers les vagues pour me jeter dedans ? Les exclamations indignées de mademoiselle Claudie m'ont ramenée à la réalité.

« Oh ! Qu'est-ce que je vois ? Mais qu'est-ce que je vois ? Oh, mais tout s'explique ! Elle n'est pas pressée de prendre son petit déjeuner, pardi ! Elle n'a pas faim, tu m'étonnes ! Un, deux, trois, quatre, cinq, oh c'est pas vrai ! Six, sept, huit, neuf, ooooh !… Neuf ! Pincez-moi, je rêve ! J'y crois pas ! Elle a mangé neuf Mon Chéri ? *(Poings sur la taille)* Ah non ! Moi je dis non, non et non ! Madame Dumas je vous préviens, je vais faire un signalement à madame Pète-Sec. Je ne peux pas vous couvrir, désolée, je ne *peux pas*, je suis *obligée* de vous signaler, sinon c'est la faute professionnelle que je risque moi. Et moi, ah non ! Non ! On peut me reprocher ce qu'on veut, mais on ne me reprochera pas le manque de conscience professionnelle. Si elle passe l'arme à gauche à cause d'une overdose de Mon Chéri et que je ne l'aie pas signalée, ah non ! Non ! Je pourrais être licenciée pour non-assistance, moi ! Elle le comprend pas, ça ? Avec toutes les études qu'elle a faites ? C'est pas dur à comprendre pourtant ! Mais tant pis. Elle aura qu'à s'expliquer avec madame Pète-Sec. Parce que moi, je décline ma responsabilité. Moi, je fais mon travail. »

22

Lou-Ann est à Paris. Je ne suis plus qu'impatience. Je gamberge.

Marie-Thérèse pose sa main sur mon bras.

« Où êtes-vous partie, Alexandrine ?

— Au pays des souvenirs... »

... longue escale en 1990, cinq ans après l'anniversaire de mes cinquante ans et le coup de téléphone de Léo.

De l'eau avait coulé sous les ponts et, je le jure, je n'éprouvais plus la moindre acrimonie vengeresse contre Léo. Consciemment, du moins. Il vivait sa vie, je vivais la mienne, j'avais coupé le cordon ombilical avec notre fille, nous n'avions plus de contact parental avec Léo, plus de contact du tout, je pensais que nous ne nous reverrions jamais. On ne devrait jamais dire jamais, la preuve : nous nous sommes revus à la suite d'un concours de circonstances (trop long à expliquer et d'ailleurs sans grand intérêt) qui nous a conduits à nous donner rendez-vous à Anglet, dans un immeuble en construction dont j'avais les clés. Le ciel était incertain, pleuvra ? pleuvra pas ? J'avais pris un parapluie au cas où, petit détail dans le faisceau des multiples détails dont la somme a déclenché une tragédie.

On a emprunté l'escalier parce que l'ascenseur n'était pas encore installé. C'était un jour férié. On était seuls, on montait au quatrième.

Le voir et le sentir si près, ça faisait bizarre. C'était notre première rencontre depuis notre séparation sur le quai de la gare, quinze ans auparavant. De temps à autre, je l'apercevais dans un magazine ou un téléfilm. Ça ne me faisait ni chaud ni froid. Mais le revoir là, en chair et en os, c'était une autre sensation. Une émotion, malgré tout.

Il était toujours aussi beau. Et aussi bavard. Il pérorait, me vantait ses succès, se gargarisait de ses amis célèbres, fanfaron et vaniteux, égal à lui-même. Pas un mot sur Sharon, c'était inutile, il savait que je savais qu'ils étaient en instance de divorce et je me gardais bien d'aborder le sujet de peur qu'il ne m'inflige des confidences dont je n'avais que faire. Je ne voulais risquer aucun rapprochement, aucune familiarité.

Je nous revois l'un derrière l'autre dans l'escalier. Il parlait sans discontinuer, il me saoulait de paroles corrodées par le bruit de nos pas, ça n'avait pas d'importance, je n'avais pas envie de l'écouter. Mais sa voix m'avait propulsée en 1985 et me plongeait dans le souvenir de l'inoubliable conversation téléphonique de mon anniversaire. Tout me revenait… son dernier film (pour lequel il n'avait pas reçu l'Ours)… Sharon… Lou-Ann… l'achat de sa maison en Bretagne… notre divorce… j'entendais chaque phrase et chaque silence avec la netteté d'un enregistrement magnétique. De marche en marche, mon ancienne colère montait comme la marée, m'envahissait, me submergeait. Au quatrième étage, j'allais exploser, ou bien j'allais planter Léo sans explication, redescendre à toute berzingue, sauter dans ma voiture et rentrer chez moi fissa. Ma dignité s'est rappelée à ma conscience juste à temps. Je devais me calmer. Me concentrer sur ma respiration… inspiration… expiration… inspiration… expiration… Reste zen, disais-je à ma colère comme à un chien qui grogne, reste zen.

Après une dizaine de respirations, je me suis calmée. Tout va bien, me répétais-je, tout va bien, tu ne risques rien, encore un quart d'heure et nous nous quitterons, chacun rentrera chez soi, point final. J'ai pensé : Point final. Et c'est alors que Belharra, la vague géante, la vague la plus grosse du monde, qui se réveille de façon imprévisible et abat sur la côte basque sa colère écumante, s'est jetée sur moi et m'a emportée. Je crois que j'ai perdu pied pendant quelques secondes, et, dans un réflexe inexplicable, de la pointe de mon parapluie, j'ai poussé Léo avec une force dont je ne me savais pas capable. Ses yeux ont croisé les miens et… *(Interruption)*

Plus tard

Grandpied sort d'ici. Elle a débarqué à l'improviste (ça devient une habitude), surexcitée. Elle ne tourne pas rond.

« Vous prenez vos médicaments, Gisèle ?

— Non, je ne prends pas mes médicaments, non, je ne prends pas mes médicaments, ne vous occupez pas de mes médicaments, Alexandrine, occupez-vous plutôt de vos adjectifs qualificatifs et de vos adverbes. Soyez-en économe.

— Pardon ?

— Conseil d'amie : évitez aussi d'écrire *j'eusse* au lieu de *j'aurais*, et : *il s'est levé, il s'est assis, il est allé à la fenêtre, il est monté en haut, il est descendu en bas*, et sachez que le point d'exclamation est passé de mode.

— Mais…

— Je veux seulement vous aider dans le travail stylistique de votre conte, Alexandrine.

— Ne vous faites pas de souci, j'ai laissé tomber le conte.

— J'ai l'air d'une andouille ? Vous étiez en train d'écrire quand je suis entrée. Je vous ai vue, de mes yeux vue.

— Je n'écrivais pas de conte.

— Qu'est-ce que vous écriviez alors ?

— (*Ça recommence !)* J'écrivais euh… une lettre.

— Une lettre ? À qui, si ce n'est pas indiscret ?

— Si ! C'est indiscret, Gisèle. C'est très indiscret.

— Oh là là ! Ce que vous êtes chichi pompon ma pauvre Alexandrine ! Vous écrivez à qui vous écrivez, j'en ai rien à cirer, moi ! Ce monde n'est pas pour toujours, vous ne le savez pas ? Alors, à qui vous écrivez ? Dites-le simplement !

— Eh bien, euh… j'écris au président de la République.

— Ah, très bien ça, très bien, en ce cas terminez donc par : *veuillez agréer, Monsieur le Président, l'expression de mes* splatch ! *distingués*… Hahahaha ! Mais non, voyons, je me gausse !… Mais… mais, mais, mais… attendez ! Mais oui, mais oui, oui, oui ! Une lettre ! C'est bien sûr ! Une lettre ! Je vais lui, écrire une lettre ! Que n'y ai-je pensé plus tôt ? »

23

Insomnie.

Les œufs en poudre de l'omelette postmoderne qu'on nous a servie au dîner me restent sur l'estomac, mais qu'importe : Lou-Ann arrive demain. Je l'ai eue au téléphone pendant près d'une heure. Elle nous conduira au marronnier de Marie-Thérèse.

Cet après-midi, Gisèle était calme. Avec ses sept lettres, elle a composé le mot *PLAISIR*, qu'elle a posé triomphalement : « Scrabble ! » Et elle répétait : « Plaisir ! Quel mot ! Quel mot ! » Elle s'est tournée vers Marie-Thérèse.

« Sans vouloir être indiscrète, Marie-Thérèse, vous et votre mari, ça marchait comment ? Au lit, je veux dire…

— Au lit ?

— La bête à deux dos, quoi.

— Ah ça ? Mon mari voulait le faire tous les jours, alors !

— Tous les jours ? Et vous ?

— Moi ? Mais moi, c'était naturel, on était mariés, qu'est-ce que vous voulez que je vous dise ?

— Ma question est : est-ce que ça vous donnait du plaisir ?

— Le mariage c'est le mariage, que voulez-vous y faire ? Ma mère m'avait expliqué…

— Et sinon, vous n'aviez jamais envie de le splatcher ?

— Hippolyte ? Mon mari ? Jamais de la vie ! Arrêtez de dire des bêtises, Gisèle, vous parlez à tort et à travers… »

Plus tard

Pas pu trouver le sommeil. Je rallume. Il est trois heures.

J'eusse aimé appartenir à cette catégorie de gens qui réalisent leurs rêves, leur vocation, leurs ambitions, leurs projets. Qui tracent une ligne et la suivent. Qui ne regrettent rien. Qui sont fiers d'eux-mêmes et même de leur imbécillité. Qui vous disent : j'ai toujours voulu être ce que je suis, si c'était à refaire, je le referais sans rien changer. Moi, c'est le contraire. Si c'était à refaire, je referais tout différemment. Pour commencer, je ne naîtrais pas dans ma famille. Je ne naîtrais peut-être même pas du tout. Je ne serais pas devenue interprète de conférence mais médecin, puis ministre de la Santé, et je changerais tout, absolument tout sur la façon de considérer, de traiter, de soigner les vieux. Et puis, le jour où Léo a sonné à notre porte, je n'ouvrirais pas. Je n'aurais pas à le tuer. Et j'épouserais David. Ma vie serait triomphale du début à la fin. Il n'y a qu'un hic : ma fille. Je l'aime et je n'en veux pas une autre. Il faut donc que Léo ait été son père. Par conséquent, j'ouvrirais ma porte à ce crapaud, je n'épouserais pas David et je ne changerais rien à ma vie.

Trois heures trente. Je vais tenter l'aventure : éteindre et espérer trouver le sommeil… ah, bon Dieu, j'allais oublier le grrrand événement ! Je ne peux pas éteindre sans en dire un mot.

Mais d'abord, *mea culpa* :

J'ai écrit récemment des méchantes choses sur le kiné. Je le regrette. Il ne mérite pas de se faire traiter de con. Je suis désolée. Il est con mais ce n'est pas une raison pour l'écrire. C'est un artiste du massage, il a des mains en or, de la force et de la douceur, des gestes techniques parfaits, je ne le répéterai jamais assez. Il peut faire mal, vous arracher des gémissements de douleur, des cris… mais c'est toujours pour un mieux et on en redemande. Encore, cher kiné ! Encore ! Tripotez-moi, torturez-moi encore, je vous en supplie ! Le nirvana est proche…

Et maintenant, messieurs et mesdames, roulement de tambour, trompettes, clairon, j'ai l'honneur de vous faire part du grrrand événement annoncé, le voici, le voilà :

Ce matin, à la fin de ses tripotages artistiques, mon très cher kiné m'a tendu une canne : « Votre nouvelle compagne, madame Dumas ! Dites adieu au déambulateur ! »

La surprise et la joie ont failli me tirer une larme.

Mon pas est hésitant, sans fluidité. J'ai peur de tomber. Monter et descendre deux marches relève de l'exploit olympique, avancer requiert un effort constant, une concentration sans faille, mais par-delà les douleurs, les raideurs et la peine à l'ouvrage, l'abandon de ce déambulateur de vieille me rend un peu de coquetterie (je me suis maquillée) et me fait me sentir comme un petit enfant qui se met à marcher. Et ce peu suffit à me donner grande hâte que le jour se lève et moi aussi – mais d'abord, dodo…

Last but not least : je devrais sortir d'ici dans une semaine environ. Deux, peut-être. Le cheval piaffe, il sent l'écurie…

24

Nous nous embrassons, nous rions, nous reculons de deux pas pour nous regarder de bas en haut et de haut en bas, nous retombons dans les bras l'une de l'autre, nous nous enivrons de nos présences. C'est elle ! C'est toi ! Ma fille chérie ! Maman ! Le doux zéphyr de la tendresse retrouvée efface nos disputes, nos désaccords et le relâchement des liens qu'engendre l'éloignement. On déborde d'amour. Silencieuse, quasi imperceptible, l'ombre de Léo se glisse entre nous mais on se garde de parler de lui.

« Tu as bonne mine, maman ! »

Ce que je lis dans ses yeux contredit le compliment. Elle a remarqué mes rides, mes cernes, mon teint blême, mon visage effondré, la lenteur et l'incertitude de mon pas malgré la canne. Tu as pris un sacré coup de vieux, maman, dit son regard attristé.

Moi, je la trouve toujours la même, ma jolie petite fille. Je reconnais l'ovale de son visage, son nez, ses belles dents. Son père tout craché. Ses cheveux grisonnent, elle a cinquante-cinq ans tout de même, l'âge que j'avais quand j'ai tué son père…

Mon cœur cogne si fort dans ma poitrine qu'il en est douloureux. Il va éclater. Je me ressaisis.

« Tu es venue comment, chérie ?

— Avec la voiture de location, je l'ai garée sur le parking.

— S'il te plaît, sors-moi d'ici et emmène-moi au bord de l'Océan. »

On roule en voiture,
ma fille au volant,
heure exquise qui nous grise...

L'Océan était bon enfant. Il ondulait au large comme une baleine oisive et s'amusait à chatouiller nos pieds déchaussés sur la bande de sable doré de la plage. Temps superbe, température adorable, ciel bleu, air léger, embruns délicieux. J'ai peur d'avoir émis l'autre jour des appréciations climatiques injustes. Il pleut tout le temps au Pays basque, avais-je dit. Alors que non, il ne pleut pas tout le temps au Pays basque, non, pas du tout. J'ai cédé à un accès d'humeur – mon humeur est comme le ciel : azur, grise, noire, nuageuse, orageuse, ça dépend des jours et des heures.

En fait, j'aime le climat océanique du Pays basque plus qu'aucun autre climat sur cette terre. C'est sincère.

On a déjeuné au Port des Pêcheurs, à la terrasse d'un restaurant, bercées par les clapotis de la houle qui fait danser les petits bateaux. La contemplation du visage de ma fille me remplissait de joie. Je m'envolais, j'étais une mouette, je traversais l'azur à grands coups d'ailes, je planais. Puis je redescendais sur terre, dans ce lieu magique où la Résidence Biarritz Bonheur perdait toute réalité et où j'étais quelqu'un. On s'adressait à moi avec déférence : « Que désirez-vous, *Madame* ? » – « Je vous en prie, *Madame* » – « Comme vous voulez, *Madame* ». Les serveurs étaient respectueux et empressés. Le patron courtois. La nourriture était exquise. Un moineau audacieux a piqué une miette de pain sur notre table. Deux verres de vin m'ont rendue plus optimiste quant à l'avenir de la planète. Je planais.

Au retour, j'ai présenté Lou-Ann à Marie-Thérèse et, comme il fallait s'en douter, ma fille a succombé au charme de notre gracieuse centenaire, particulièrement jolie dans un chemisier en soie gris pigeon, sentant bon la violette.

Nous conciliabulions pour organiser notre *expédition marronnier* (ainsi baptisée par Lou-Ann), lorsque Grandpied a déboulé. Elle a été infernale. Marie-Thérèse avait beau lui faire les gros yeux et pianoter ostensiblement sur l'accoudoir du fauteuil pour manifester son agacement, la Grandpied faisait son cinéma des grands jours, elle nous coupait la parole à tout bout de champ et couvrait notre conversation de sa voix suraiguë symptomatique de l'agitation qui la dévore quand elle ne prend pas ses médicaments – ce qui se produit de plus en plus souvent ces temps-ci. Elle fait semblant d'avaler les cachets et les recrache dès que l'infirmière a le dos tourné, c'est elle-même qui s'en vante. Elle voulait à tout prix qu'après avoir conduit Marie-Thérèse à son marronnier, Lou-Ann l'emmène à Saint-Palais, où elle habitait avant *l'atroce assassinat de* son *âme chien*, a-t-elle précisé pour la gouverne de Lou-Ann. J'ai été obligée d'intervenir avec fermeté, car elle était repartie dans son histoire de chien. La veille, ma fille avait fait la route de Paris à Biarritz, elle allait la refaire dans l'autre sens dans trois jours, elle était à peine remise de son jet lag, alors non, Gisèle, non, vous en demandez trop. Ça l'a contrariée. Elle s'est mise à crier. « Vous êtes comme lui ! Tous comme lui ! Tous ! Tous ! » Elle a quitté la chambre en claquant la porte. « Lui qui ? » a demandé Lou-Ann. « Le voisin qui a tué son chien, je suppose », a soupiré Marie-Thérèse en levant les yeux au ciel.

L'expédition est pour demain. Nous sommes convenues de décoller d'ici (ma chambre) à l'heure où les résidents font la sieste et le personnel médical est en pause. Quatorze heures. C'est le moment idéal pour minimiser les risques qu'une madame Pète-Sec nous barre le chemin et alerte Hernandez.

Problème : Gisèle. « Je ne la veux pas, même si elle prend ses médicaments. Elle va nous gâcher la joie », disait Marie-Thérèse.

Que faire ?

Demain est un autre jour…

25

Au déjeuner, Gisèle n'a pas attendu d'être assise pour brailler : « J'ai pris mes médicaments ! À quelle heure on décolle ? » J'ai pointé du menton mademoiselle Claudie qui assurait le service. Gisèle a compris. « Cinq sur cinq ! Motus et bouche cousue ! Rendez-vous dans votre chambre ! » Marie-Thérèse a soupiré.

Nous le redoutions à juste titre : Grandpied était bien décidée à nous coller au train. Marie-Thérèse n'y est pas allée par quatre chemins : « Je ne veux pas de vous, vous parlez trop. » La pauvre Gisèle a eu l'air tellement déçue que ça m'a fait pitié. Je lui ai pris la main. « Marie-Thérèse n'ose pas vous le demander mais nous avons besoin que vous restiez à la Résidence pour assurer la *logistique arrière.* » C'était n'importe quoi cette histoire de logistique arrière, mais ça lui a donné du grain à moudre. Son front s'est plissé et elle a admis que celle-ci était nécessaire.

« C'est indéniable, sans quoi… voyez ce qui est arrivé à Roland.

— Qui ?

— Roland le Preux, qui commandait l'arrière-garde de l'armée franque, souvenez-vous. Les Basques lui sont tombés dessus au défilé de Roncevaux. Il a sonné de l'olifant pour alerter Charlemagne, mais Charlemagne était déjà à des kilomètres et n'a rien entendu. Logistique, zéro. Roland est mort vaillamment, Durandal à la main, mais je ne voudrais pas que ça m'arrive.

— Vous ne risquerez rien, absolument rien, notre logistique est impeccable. En cas de danger vous aurez beaucoup mieux qu'un olifant pour appeler au secours.

— Ah bon ?

— Un portable. Vous imaginez si Roland avait eu un portable... ?

— Sauf que moi je n'en ai pas.

— Je vous laisserai le mien. Et si Pète-Sec vous tombe dessus comme les Basques sur Roland, vous appellerez Lou-Ann qui aura son portable avec elle. Nous arriverons sur les chapeaux de roue pour vous sortir du pétrin.

— Voyez à quoi ça tient, a dit Marie-Thérèse. Un portable, et Roland serait encore vivant.

— Au temps pour moi, a dit Gisèle. Vous croyez que je saurai m'en servir ? J'en ai déjà eu un mais il était moins sophistiqué que le vôtre.

— Je vais vous montrer. C'est comme le vélo ces trucs-là, ça ne s'oublie pas. »

À l'heure dite, on a gagné le parking sans croiser âme qui vive. Gisèle a poussé le fauteuil de Marie-Thérèse jusqu'à la voiture et s'est occupée de le dissimuler derrière le local technique. En principe, personne ne s'apercevrait de notre absence mais, par précaution, Marie-Thérèse avait laissé un mot sur son lit :

Je suis allée faire un tour au parc avec Alexandrine.

Marie-Thérèse guidait Lou-Ann. Pas de difficulté jusqu'au château du baron de l'Espée, dernier repère indubitable après lequel Marie-Thérèse a hésité… c'est là… ah non… faites encore le tour… oui c'est là… mais non, non c'est pas là… pourtant ça devrait être là… Elle a fini par avouer qu'elle ne reconnaissait plus rien, qu'elle était complètement déboussolée. « Mais qu'est-ce qu'ils ont fait ? disait-elle. Où ont-ils mis la campagne ? Pourquoi font-ils tourner la route comme ça avec ces ronds-points ? Où sont les gens ? Il n'y a plus que des voitures. Pas un seul piéton. Si un chien traverse, il va se faire écraser. Je ne sais plus… Je ne sais plus… »

Lou-Ann a proposé d'utiliser le GPS, dans lequel elle a entré l'adresse : route de Lahire. Un numéro ? Non, pas de numéro. « Mais vous verrez, disait Marie-Thérèse, c'est facile à reconnaître quand on y est, on ne peut pas se tromper : vous avez un mur blanc qui suit la route tout du long et à moment donné vous voyez un portail rouge à double battant. Même s'il est fermé, par-dessus, vous voyez un grand marronnier qui dépasse un peu plus loin. Et s'il est ouvert vous apercevez Iduzkian au bout de l'allée… »

Mais sur la petite route de Lahire, ni mur blanc, ni portail rouge, ni marronnier qui dépasse, ni allée, ni maison, et rien de remarquable si ce n'est un gros chantier de construction. Marie-Thérèse s'écrasait le nez sur la vitre : « Non, ce n'est pas ici, votre machine s'est trompée. On n'est pas route de Lahire, ça ne ressemble pas. Avancez encore, c'est plus loin, non, non… »

Demi-tour. Avant. Arrière. À nouveau demi-tour. Enfin il a bien fallu se rendre à l'évidence : la maison de Marie-Thérèse et son marronnier avaient été rayés du paysage au profit du gros chantier : un sol lunaire sans un arbre ni un brin d'herbe, mais avec des trous, des camions, des véhicules utilitaires, un chariot élévateur, une grue, des matériaux, des tuyaux, une baraque préfabriquée, des ouvriers portant des casques et, à l'entrée, un affichage indiquant qu'à cet emplacement se dresserait bientôt une résidence « sénioriale » de cinquante logements, la Résidence Iduzkian. Nom de l'architecte : Henri Hernandez.

26

L'*expédition marronnier*, c'était il y a deux jours.

Lou-Ann est arrivée il y a quatre jours.

Aujourd'hui vendredi, jour du poisson surgelé à goût de caoutchouc nappé de sauce dégueulis aux cornichons s'il faut en croire le menu. J'y ai échappé en allant déjeuner en ville avec Lou-Ann – toujours ça de pris sur l'ennemi, aurait dit Verdier.

Le Scrabble est exclu pour le moment.

Grandpied est invisible. Je ne l'ai même pas entendue ronfler.

Marie-Thérèse a perdu l'appétit. Elle ne mange que les desserts et encore. « Ça ne passe pas. » Je lui ai rendu deux visites dans sa chambre, je l'ai trouvée calée dans son fauteuil devant la télévision, en peignoir et pantoufles. Elle me dit :

« Vous croyez que la vie vaut la peine d'être vécue, vous ?

— Évidemment ! Je vous rappelle que c'est vous qui nous dites tout le temps que c'est beau la vie.

— Beau, la vie ? *(Elle fait une grimace)* Beau, non. Bobo, oui. Elle fait bobo, la vie…

— C'est vrai que votre marronnier… c'est triste cette histoire, mais…

— Chut ! Ne me dites pas que j'en ai vu d'autres et que ça passera, surtout ne me le dites pas, je ne veux pas l'entendre. Ça ne passera pas.

— Je ne sais pas quoi vous dire.

— À la télévision, il y a cette réclame qui dit : "Je l'aurai un jour, je l'aurai !"

— Oui, je la connais.

— Eh bien moi aussi je veux l'avoir. Alors je prie, Alexandrine. Je n'ai jamais appelé Dieu à l'aide, c'est la première fois que je lui demande quelque chose en cent ans de vie et s'il me l'accorde, je ne demanderai rien d'autre, je le promets : Dieu, s'il vous plaît, faites que je puisse l'avoir avant de quitter cette terre. Allez, Alexandrine, allez retrouver votre fille. Moi je prie. »

Demain… *(Interruption)*

27

Avant son départ, Lou-Ann m'a apporté un stock de friandises (petits fours, macarons, caramels, pralines, calissons, pâtes de fruits, orangettes au chocolat, touron d'Espagne, bonbons à la menthe et une grosse boîte de Mon Chéri). Depuis lors je croque, je grignote, je suçote : c'est ma façon d'avoir du chagrin.

Elle m'a dit :

« Vends la scierie, vends le domaine et viens t'installer aux USA, maman. Toute la famille sera heureuse de t'accueillir. Nous veillerons sur toi.

— Je suis trop âgée pour quitter ce pays.

— Tu disais que la France devient détestable, que tu n'en peux plus…

— C'est vrai. La France de l'argent roi, la France des énarques, la France du béton, la France de l'égoïsme, la France haineuse des réseaux sociaux… je déteste cette France que nous devenons. Mais tu vois, c'est comme ma vieille peau ridée : quoique je ne l'aime plus, c'est la mienne. La France, c'est pareil. Alors j'y suis, j'y reste. »

Elle m'a parlé de sa famille américaine, de son deuxième mari californien, déjà père de trois ou quatre enfants (je ne sais plus) quand ils se sont mariés, et de Sophie, leur fille à tous deux – ma petite-fille –, une étrangère que je n'ai jamais embrassée. Famille décomposée, recomposée, mondialisée... *O tempora, o mores.*

On a discuté de mille choses, importantes et sans importance, futiles et graves, tristes et marrantes, on a parlé de tout et de tout le monde... sauf de Léo.

Du jour où Léo et moi nous sommes séparés, Lou-Ann a adopté la prudence des enfants de couples désunis. Elle ne m'a plus parlé de son père et elle ne lui a plus rien raconté de moi. Ça n'a pas changé. Pas une seule fois le nom de Léo n'a été mentionné. Chaque fois que, dans le cours de la conversation, il aurait pu l'être, nous faisions en sorte qu'il ne le soit pas.

Pourtant, au fil du repas, il s'insinuait entre nous, installait sa présence, s'agrippait comme une tique, fixait sur mon visage fatigué un air de mépris, ricanait, et, insensiblement, les traits de son visage se sont substitués aux traits de Lou-Ann. La conversation, d'abord animée et pétillante, est allée decrescendo au fil du repas, entrecoupée de silences pesants. Au dessert, nous ne disions plus rien.

M'installer près d'elle signifierait le voir en elle constamment, et me contraindrait à vivre dans la dissimulation et la culpabilité. Encore une fois je ne regrette pas de l'avoir tué, non, je ne le répéterai jamais assez, non, je n'éprouve pas cette culpabilité-là. Je me sens néanmoins coupable d'avoir privé Lou-Ann de son père chéri. Je me souviens de ses cris de joie lorsque la porte s'ouvrait et que Léo apparaissait. Il était son héros et d'une certaine manière il l'est encore, je pense. Elle courait vers lui, sautait dans ses bras, le couvrait de baisers. Elle adorait quand ils se promenaient ensemble, pas peu fière de l'admiration des femmes qu'ils croisaient. Elle suivait sa carrière, elle découpait tout ce qu'elle pouvait glaner sur lui dans les magazines. Elle était sa plus grande admiratrice et il lui rendait son adoration. Devant elle, il n'a jamais lâché la bride à son côté sombre. Et moi je n'ai pas parlé. Comment révéler à notre fille que son père était un pervers et sa mère une pauvre femme humiliée ? Je n'ai pas eu le courage de la vérité. Résultat : elle a toujours pensé que j'étais la méchante et son père le gentil. Et encore qu'elle soit à mille lieues d'imaginer de quelle façon son papa adoré a été tué, je suis à peu près certaine qu'elle continue de penser que je suis seule fautive d'avoir détruit la famille idéalisée de son enfance.

Dans la voiture, l'envie de tout dire m'a brûlé les lèvres. Il serait juste qu'elle sache… que je lui explique… que je lui raconte tout, absolument tout…

Oui, mais quand elle saura, quelles que soient mes justifications, elle me détestera, je la perdrai, elle vivra dans des tourments qui l'empêcheront de dormir, l'obligeront à consulter un psy…

De toute façon il est mort, on n'y peut plus rien, avouer que je l'ai tué ne le ramènera pas à la vie… (encore heureux !)

Elle est partie sans que j'aie brisé le silence et, pour être franche, son départ m'a soulagée.

La question demeure : est-il préférable qu'elle reste à jamais dans l'ignorance ou qu'elle apprenne un jour la vérité ? Après ma mort, je veux dire.

Je suis écœurée de toutes les sucreries dont je me suis gavée.

28

Nous mastiquions laborieusement le pâté du chef en croûte gluante – chaque repas est une révélation gastronomique ! (je salue au passage la créativité inépuisable de l'industrie agroalimentaire et celle des cuisiniers chargés de déguiser en nourriture les substances improbables que les gestionnaires des maisons de vieux acquièrent à des prix qui s'alignent sur ceux des croquettes pour chiens et chats) – lorsque le décès de Verdier nous a été annoncé par la directrice de l'établissement. Le vieux cochon libidineux n'est plus. Paix à son âme. Marie-Thérèse a hoché la tête : « Il a eu de la chance, il a été vite expédié, des fois l'hôpital vous conserve en légume pendant des années, vous savez… »

Le vieux schnock est donc parti pour un grand radada avec milady Vermine. Nous pleurons sur l'humaine condition devant sa chaise vide et songeons à notre tour qui viendra bientôt.

« Je vous parie dix euros que ça sera moi la prochaine, a dit Marie-Thérèse. Non, c'est bête, je ne vais pas parier puisque si je gagnais je ne pourrais pas toucher l'argent de mon pari.

— Ne partez pas perdante, Marie-Thérèse, ça pourrait être Alexandrine la prochaine.

— Hé, parlez pour vous, Gisèle !

— Nul ne connaît ni le jour, ni l'heure. »

Accompagnant notre oraison, le gueuleton inauguré par le pâté en croûte gluante se poursuivait par un ragoût de matière filandreuse indéfinissable (de la méduse ? du tricératops ?) agrémenté de coquillettes en caoutchouc.

« La vie est pleine d'adieux.

— Bonjour, adieu, et entre les deux…

— Un éclair et c'est fini. C'est comme la princesse Diana.

— Quand j'étais petite, une journée paraissait aussi longue que cent ans. Mais cent ans, une fois qu'on y est et qu'on regarde en arrière, c'est juste un éclair, comme vous dites, vous avez raison, pour une fois vous le dites bien, Gisèle.

— On étudie, on travaille, pendant quarante ans on cotise pour la retraite, on se serre la ceinture pour acheter sa petite maison et mettre trois sous de côté et qu'est-ce qu'il y a au bout du chemin ? Une place en EHPAD. Un grabat à l'hôpital. Des gens qui vous traitent comme de la viande. Et ça vous coûte tout, absolument tout ce que vous avez péniblement gagné pendant votre vie. C'est cher payé, je trouve.

— Réfléchissez, Gisèle. Quarante ans de cotisations, ça ne coûte pas si cher que ça pour le lit à baldaquin que Dieu vous réserve dans la résidence éternelle dont vous profiterez à loisir après votre mort.

— On dit “la mort”, bon, mais qu’est-ce qu’on en sait de la mort ?

— Et qu’est-ce qu’on en sait de la vie ?

— Et Dieu, vous y croyez, vous ? Où il se planque ? C’est qui au juste ce type ?

— Dieu, c’est l’éternité où nous étions avant la naissance et l’éternité où nous retournerons après la mort.

— Nul ne connaît ni le jour, ni l’heure.

— Vous l’avez déjà dit, Gisèle, on a compris.

— Et dire que nous rendrons notre âme comme la princesse Diana a rendu la sienne sous le pont de l’Alma.

— Qu’est-ce que vous racontez ?

— *Alma*, en latin, c’est l’âme moins le “l” qui s’est envolé.

— Et alors ? »

Gisèle ouvrait la bouche pour s’expliquer, mais il y a eu arrêt sur image, elle a bloqué et, brusquement, elle a éclaté en sanglots. Tous les résidents se sont retournés vers nous. Marie-Thérèse a tapoté la table du bout des doigts. « Arrêtez avec la princesse Diana, Gisèle, c’est pas comme si vous la connaissiez, quand même ! Et mâchez sinon vous aurez des gaz, vous allez roter, ça me dégoûte. S’il faut supporter ça en plus de ce qu’on nous donne à manger ! »

Après cette oraison et le ramequin de fromage blanc final aussi appétissant qu’une gâchée de plâtre, Marie-Thérèse a voulu aller respirer dans le parc. « Je suis comme Louis XIV, j’aime l’air, vous savez bien. »

On a été surprises de trouver le belvédère clôturé par deux barrières en fer reliées par un scotch jaune. Une pancarte indiquait : *Interdit Danger*. On a déduit de nos observations que les dernières pluies avaient emporté le garde-corps dans un glissement de terrain. « Le vide s'est rapproché », a dit Marie-Thérèse.

On s'est assises sur notre banc en pierre comme sur le siège d'une cabine de téléphérique prête à s'élancer par-delà les barrières. « L'air est bon, disait Marie-Thérèse en fermant les yeux, c'est l'air des Pyrénées marié aux embruns de l'océan Atlantique, le meilleur des airs, sentez Gisèle, sentez-le en vous taisant. »

On était bien.

Mais contempler l'horizon en silence était au-dessus des possibilités de Gisèle. Elle a pris une grande inspiration et elle a énoncé sentencieusement : « La mort, c'est la vie. » Comme on ne répliquait pas, elle l'a répété deux autres fois et ça a agacé Marie-Thérèse.

« Mais non, Gisèle, la vie c'est la vie, la mort c'est la mort, la vie n'est pas la mort.

— Si ! Aussi !

— Vous parlez pour parler, sans réfléchir à ce que vous dites. Vous êtes pénible. »

Grandpied ne s'est pas vexée, au contraire, elle a dit : « Je m'excuse. » Pour être aussi calme, elle a dû prendre ses médicaments, j'ai pensé.

« Ce n'est rien, lui a répondu Marie-Thérèse.

— Quand même, vous pourriez dire à votre gendre de faire réparer le garde-corps. Au prix de notre pension…

— Il a la tête occupée avec mes lingots, ce n'est pas le moment… »

Ô mémoire maudite ! Les lingots ! J'ai oublié les lingots ! C'est pourtant ce que je voulais raconter en priorité aujourd'hui. La mort de Verdier m'a accaparée. Et maintenant il est tard et là tout de suite, je tombe de sommeil. Cher cahier, ne te désole pas, pourvu que monsieur mon Bic accepte d'écrire ce que je veux écrire, les lingots seront au programme de demain, je te le promets.

29

Marie-Thérèse a prié plus qu'elle n'avait prié de toute sa vie. « J'ai mis le paquet. » Et non seulement elle a fait appel à Dieu mais elle a *pensé, pensé, pensé*. Comment venger son arbre ? Comment punir Hernandez et Lydie de leur forfaiture ?

Elle pourrait couper les ponts après leur avoir balancé : qu'elle avait découvert toutes leurs manigances, qu'elle ne voulait plus revoir leurs faces de Judas, qu'elle leur interdisait même de venir à son enterrement.

Ou alors elle se murerait dans le silence et ne leur adresserait plus la parole, ils pourraient se mettre à genoux qu'ils n'entendraient plus le son de sa voix. Mais bof !

Elle pourrait profiter de la réception organisée pour ses cent ans et, devant tout le monde et en particulier la journaliste du *P'tit Basque*, dire son fait à Hernandez. Qu'il ait bien honte. Que tout Biarritz sache qu'il était un menteur, un voleur de vieille dame, un traître, un escroc, un tueur d'arbre. Oui mais bof ! « Je ne suis pas une speakerine, je ne saurais jamais parler devant tout ce monde. »

Dieu semblait indifférent à ses prières. Aucune calamité ne tombait sur la tête d'Hernandez, sa société ne faisait pas faillite, aucun des immeubles qu'il avait construits ne s'effondrait, il n'avait pas d'accident, il ne tombait pas malade.

L'idée l'a effleurée de faire un pèlerinage à Lourdes. Elle brûlerait un cierge dans la grotte de Bernadette Soubirous, elle se recueillerait aux pieds de la Sainte Vierge, qui l'écouterait peut-être plus attentivement que Dieu. « Entre femmes… » Mais cette idée, comme les autres, a fait *pschitt*.

Le dimanche est arrivé. Hernandez est venu chercher Marie-Thérèse à la Résidence pour le déjeuner familial. Comme d'habitude, il s'est penché pour l'embrasser mais elle a levé la main. « On va arrêter les simagrées, ne m'embrassez plus, j'ai vu une émission à la télévision, je dois faire attention aux microbes et aux infections. » Dans la voiture, elle n'a pas desserré les dents. À l'arrivée, elle a repoussé Lydie en lui refaisant le coup des microbes et des infections et, jusqu'à ce qu'ils passent à table, elle s'est montrée aussi désagréable que possible, affectant de ne pas entendre qu'on lui adressait la parole, ou répondant d'un air renfrogné, du bout des lèvres.

On lui a servi son plat favori : le foie et les deux sot-l'y-laisse d'un poulet fermier rôti accompagné d'une piperade au piment d'Espelette. Elle y a à peine touché. Lydie a fini par réagir.

« Qu'est-ce qui ne va pas, maman ?

— Ça va.

— Tu peux le dire, tu sais, si quelque chose ne va pas.

— Ça va, je te dis. »

Lydie a échangé un regard perplexe avec son mari. Alors, Hernandez a dit avec l'allégresse d'un chauffeur de salle :

« Ça y est, mamounette, bientôt vous aurez cent ans ! Un siècle ! C'est un chiffre, ça ! C'est une date ! C'est un anniversaire ! On va faire une fête du tonnerre, mamounette. On va trinquer, on va chanter, on va bien manger, on va s'amuser, vous allez voir. La journaliste du *P'tit Basque* fera la photo, elle vous posera des questions, elle écrira un article sur votre vie. Vous serez la star. Ah, je voulais vous dire, comme votre anniversaire tombe un mercredi, en pleine semaine, on a décidé que la fête à la Résidence se ferait le samedi suivant. Ça ne vous dérange pas ? Et le lendemain dimanche, ça sera rebelote à la maison avec nous, la famille. Ça vous convient ? »

Elle a haussé les épaules.

« Ah non, mamounette, non, il faut que ça vous convienne. Si ça ne vous convient pas…

— Mais si ! Mais si ! ça me convient. »

« La fête du tonnerre à la Résidence, je vous la raconte d'avance si vous voulez, nous disait Marie-Thérèse. On aura des chips, des cacahuètes de singes, de la pizza surgelée coupée en petits morceaux et du mousseux qui pue dans des gobelets en plastique qui gondolent. Moi, je préférerais de la limonade artisanale, mais leur mousseux est moins cher, alors… La journaliste prendra sa photo, moi assise devant, Hernandez debout derrière pour montrer qu'il protège les grands-mères. C'est toujours pour la photo des élections qu'ils aiment les vieux, dans la politique, ils croient qu'on s'en aperçoit pas.

— Vous serez dans le journal, Marie-Thérèse !

— Ça me fera une belle jambe. Et puis le lendemain, le déjeuner familial avec leurs deux filles de Bordeaux, les gendres, et leur marmaille insupportable, merci. Il y aura aussi mon arrière-petit-fils à la casquette devant derrière, celui qui vous a acheté votre cahier, Alexandrine. Lui, c'est ma descendance de Marcel, il est mignon, c'est mon préféré. Sa grande sœur aussi sera là, elle c'est le genre zazou d'aujourd'hui avec un anneau dans le nez, chacun ses goûts, je ne dis rien. Et aussi leur mère. Plus un cousin d'Hasparren et sa femme avec les lolos qui sortent de ses décolletés pour exciter les hommes. Et… j'ai oublié encore qui… je m'y perds… quinze ou seize personnes au moins, peut-être vingt. Et le traître qui me dit avec sa figure de Judas : "Vous êtes contente, mamounette ?" J'ai fait celle qui n'entendait pas. Alors il continue : "Lydie et moi, en plus de vous offrir la fête, on voudrait vous faire un cadeau, un beau cadeau pour une centenaire, quelque chose de mémorable, à la hauteur de l'événement, qui vous fasse plaisir, vraiment plaisir. On a pensé à un ordinateur. Qu'est-ce que vous en dites ? Sinon, si vous préférez… je ne sais pas moi… si vous avez envie de je ne sais pas… ce que vous voulez… il suffit de le demander. On tient à vous faire plaisir, mamounette, on y tient vraiment." Là, poursuit Marie-Thérèse, je lui fais un sourire. Le premier de la journée. Les deux traîtres échangent un regard de soulagement, ils pensent que j'ai fini de faire ma face de carême. Et moi :

» "Oui, une chose me ferait plaisir, oh là là ! Plaisir, mais plaisir ! Je ne dis pas non pour l'ordinateur, c'est à penser, mais une autre chose me ferait plaisir en premier, en fait c'est la seule chose qui me ferait vraiment plaisir et qui ne coûte pas cher, en plus.

— Peu importe le prix. Dites ! Vous l'aurez.

— Je voudrais aller voir mon marronnier."

» Le traître se gratte la main comme s'il avait de l'urticaire avant de répondre : "Vous êtes têtue, mamounette, vous n'êtes pas basque pour rien. Combien de fois on en a discuté ? Combien de fois ! On était d'accord, non ? Je vous l'ai dit maintes et maintes fois et je vous le redis, écoutez-moi bien : on ne veut pas vous conduire au marronnier parce que, on le sait, ça vous fera du mal de replonger dans vos souvenirs. On le sait ! N'est-ce pas, Lydie ?" Et Lydie : "C'est clair. Je suis d'accord avec Henri. Pourquoi tu veux te faire du mal, maman ? Tu es centenaire, maman. Ne fais pas le bébé, voyons." J'ai soupiré, j'ai attendu un moment sans rien dire et puis j'ai fait celle qui pliait. "Vous avez sans doute raison." J'ai encore soupiré et là, Alexandrine... Dieu existe peut-être, vous savez... parce que j'ai eu une inspiration divine, il n'y a pas d'autre mot... moi toute seule je n'aurais jamais trouvé, non, je ne crois pas... c'est Dieu qui me l'a soufflé... là, j'ai dit, c'est sorti comme ça : "Mais quand même, si on ne va pas au Grand Papa, on ne pourra pas déterrer la caisse du trésor. C'est bête. J'avais envie de vous faire la surprise pour mes cent ans." Ils sont devenus raides comme des piquets en fer. La caisse du trésor ? Un trésor ? Ils se posaient des questions qui s'entrechoquaient dans leurs têtes comme les billes du loto avant le tirage. Moi, je jouais avec des petites miettes sur la table en préparant la suite qui descendait doucement du ciel, merci mon Dieu. J'ai compté jusqu'à trente et j'ai dit : "C'est quand même bête tous ces lingots qui dorment dans la caisse comme la Belle au bois dormant. J'aurais bien aimé les réveiller pour mes cent ans. Mais bon." Ah, le spectacle ! Vous auriez vu les fourchettes en l'air et les lingots à la place des pupilles dans leurs yeux de Picsou ! Ça valait Guignol.

» "Les lingots ? Quels lingots, mamounette ?

— Maman, qu'est-ce que tu racontes ? Quels lingots ?"

» L'idiote centenaire qu'ils ont bien roulée dans la farine pour faire des affaires immobilières en l'expédiant en maison de retraite leur a répondu :

» "Je me disais que pour mes cent ans, ça serait joli de les déterrer comme dans un conte de fées…

— Maman ! C'est quoi cette histoire ?

— Mais enfin quels lingots, mamounette ?

— La caisse avec les lingots que mon père avait enterrée près du Grand Papa à cause des Allemands qui risquaient de passer la ligne. Je vous en ai jamais parlé ?"

» Lydie a éclusé son cognac cul sec. Ils m'ont bombardée de questions. Dieu m'inspirait. J'inventais au fur et à mesure, je faisais monter la mayonnaise, je me régalais, c'était formidable.

» “Mais enfin, il y avait combien de lingots dans cette caisse, maman ?

— Je ne sais plus le chiffre, c’était une caisse grande à peu près comme ça, avec deux étages de lingots dedans… ou trois, peut-être. En tout cas, lourde. Elle pesait un âne mort, je m’en souviens. Mon père ne pouvait pas la soulever tellement elle pesait. Il a été chercher son diable de manutention et maman l’a aidé, mais même à deux ils n’ont pas pu, ils ont été obligés de retirer plusieurs kilos de la caisse pour la transporter et ils les ont remis dedans une fois la caisse dans le trou. Et le trou, il était gros comme pour enterrer une vache.

— Mais maman, pourquoi tu ne le dis que maintenant ? Et pourquoi vous ne l’avez jamais déterrée cette caisse, papa et toi ?

— Hippolyte disait que ce n’était pas la peine puisqu’on avait de quoi et puis je n’y ai plus pensé.

— Pas la peine de quoi ?

— Pas la peine de la déterrer puisqu’on avait de quoi.

— De quoi quoi ?

— De quoi manger, de quoi faire manger les bêtes, vous élever, Marcel et toi, et vous aider à démarrer dans la vie. Mais… en parlant, ça me revient… mais si ! Mais si ! On l’a déterrée quand même une fois pour vérifier qu’elle était toujours là ! Ton père a creusé, creusé, c’était pas facile de la retrouver parce qu’elle avait bougé par rapport à l’emplacement de quand j’étais petite. Il a tout remué. Enfin il l’a trouvée.

— Et alors ? Vous avez fait quoi ?

— On l’a ouverte, on a regardé les lingots… ah ! Tout me revient ! Il y avait des pièces aussi !

Des louis ! Mais oui ! C'est ça. Des louis. On a laissé les lingots mais on a pris les louis, mais oui, ça me revient. Et après, Hippolyte a recloué la caisse et il l'a réenterrée où elle était.

— Non, mais c'est dingue ! Complètement dingue ! Pourquoi tu ne m'en as pas parlé avant, maman ?

— Je n'y pensais plus."

» Lydie s'est versé un autre cognac. Hernandez avalait sa salive, il avait la pomme d'Adam qui montait et descendait.

» "Et ces louis, ils sont devenus quoi, mamounette ?

— On en a donné à Marcel parce qu'il en avait besoin et le reste à Ignaki, l'ouvrier agricole, pour son mariage, tu te souviens de lui ?" »

Gisèle et moi, on l'a félicitée.

« Bravo Marie-Thérèse ! Vous pouvez être fière de vous ! C'est génial ! Chapeau ! Félicitations ! »

Elle souriait, aux anges.

« Sans vouloir me vanter, j'ai joué aussi bien qu'une actrice de la Comédie-Française. Mais je n'oublie pas qu'ils ont abattu mon marronnier. Ma vengeance n'est pas encore suffisante.

— Un *splatch !*, a dit Gisèle. Il faudrait un beau *splatch !* pour finir.

— Oui, mais ça, sauf un miracle, ça, quand même, je ne sais pas si je peux le demander à Dieu et à la Sainte Vierge.

— Et pourquoi pas ? Essayez, qu'est-ce que ça vous coûte ? La Sainte Vierge peut-être pas, mais Dieu, vous savez, il en tue à tire-larigot depuis qu'il existe, un de plus ou de moins, qu'est-ce que c'est pour lui… »

30

Tandis que, dans la salle de bains, je vaquais à ma toilette en écoutant la radio, branchée sur les nouvelles désastreuses de notre monde catastrophique, mademoiselle Claudie (entrée sans que je l'entende) rangeait le désordre de ma table de nuit, sur laquelle gisaient pêle-mêle : un cadre à photos, mon smartphone, quatre livres, des articles de journaux découpés, un carnet de notes, trois petits cailloux ramassés dans le parc, des papiers de bonbons au milieu desquels un petit Mon Chéri attendant d'être dégusté, ma lime à ongles, des ciseaux, mes lunettes et mon précieux Bic (le présent cahier est à part, je ne le laisse jamais traîner).

Elle a jeté mes petits cailloux par la fenêtre. Les articles de journaux, les emballages de bonbons et le Mon Chéri ont échoué dans sa poubelle à roulettes et, à l'exception des livres et du cadre à photos qui n'ont pas bougé, elle a fourré le reste dans le tiroir.

Quand je m'en suis aperçue, la moutarde m'est montée au nez. Je me suis emportée. Je lui ai dit que j'aimais le désordre, je détestais l'ordre, et qu'est-ce que c'était que cette dictature interdisant qu'on garde trois petits cailloux si ça nous fait plaisir, non mais ? Et j'ai ressorti du tiroir ce qu'elle y avait rangé. Elle a aboyé :

« Elle fait quoi, mamie ? Moi je range et elle, elle dérange derrière moi ? Elle se fiche de moi ?

— Je ne me fiche pas de vous, je *m'inquiète* pour vous. Vous ne savez pas que le besoin d'ordre maniaque peut cacher un profond désordre mental ? Voyez Hitler… »

Je l'avoue c'était un excès de langage ridicule et inapproprié. D'autres qu'elle auraient manqué d'humour pour la réplique, certainement. « De quoi, de quoi ? Hitler ? Non mais c'est fort de café ! Et pourquoi pas le pape ? Vous êtes qui pour me traiter de ça ? La reine d'Égypte, peut-être ? Moi, madame Dumas, je vais vous dire… »

Et elle s'envole telle une fusée de l'ISS, balance une tirade qui me vrille les oreilles et me cloue, jusqu'à ce que son chiffon la pousse dans la salle de bains, qu'elle ouvre un robinet et que le jazz de la tuyauterie couvre sa voix. Ça fait du bien quand ça s'arrête. Je me relâche. Mais la pause est de courte durée. Bientôt elle réapparaît dans la chambre, le menton haut, la poitrine bombée et, tout en nettoyant la vitre de la fenêtre, elle remet les gaz.

« Mon travail, c'est de faire propre et de mettre de l'ordre, madame Dumas, rentrez-le-vous dans la cervelle. C'est mon travail. Et si vous trouvez que je suis Hitler parce que je fais mon travail, allez vous plaindre à la direction, allez-y. Moi je fais mon travail. Point final.

— Ordre et travail. Tout s'incline devant les mots sacrés.

— Ben oui, je m'excuse, je travaille, moi, je ne suis pas une assistée comme eux.

— Eux ? Qui ça ?

— Les migrants qui viennent de partout.

— Oh ! Je vois qu'en plus de théoriser sur votre travail vous développez une pensée politique originale ! Mais… vous êtes pourtant une migrante vous aussi, non ?

— Ah ben non, je m'excuse !

— Ben si !

— Ben non, je le sais quand même ! J'ai ma carte d'identité de Française, je m'appelle Claudie Martin, vous ne trouverez pas plus française.

— C'est bien ce que je pensais, vous êtes française de pure souche, descendante des Francs qui ont fait la France.

— Si vous voulez.

— Je vous rappelle que les Francs étaient des barbares, natifs de l'Est, qui parlaient une espèce de patois germanique, qui ne savaient ni lire ni écrire, qui ont migré en Gaule pour manger le pain des Gaulois, qui se sont installés sur leurs terres, et votre…

— Stop ! Stop ! Stop ! Je ne veux plus vous entendre ! Arrêtez de me bourrer le mou. Laissez-moi faire mon travail tranquille. D'ailleurs je ne parle pas politique avec les résidents. »

À sa façon de pulvériser le produit de nettoyage sur la vitre et d'agiter le chiffon avec de grandes circonvolutions du bras, j'ai compris que je l'avais exaspérée autant que je le souhaitais. La charité m'a dicté de ne pas insister. C'était une pauvre fille qui faisait un travail des plus ingrats pour un salaire de misère, je n'avais pas à m'acharner. Je me suis assise sagement sur le lit, en face du cadre à photos resté sur la table de nuit – un cadeau de fête des mères offert par Lou-Ann il y a longtemps. Les deux photos qu'il contient sont collées sur du papier kraft décoré de marguerites naïves dessinées à la plume. Deux petites filles de cinq ans sourient : moi à droite (photo noir et blanc), Lou-Ann à gauche (couleurs). On dirait des sœurs jumelles. Les mêmes cheveux raides, le même petit nez, les mêmes pommettes hautes, les mêmes fossettes. Cette ressemblance a disparu quand Lou-Ann s'est transformée en adolescente et que les traits de Léo ont pris possession de son visage… Léo ! Il y avait longtemps ! Ainsi reparaît-il de temps à autre au moment où je ne m'y attends pas…

Un flash : quand la pointe de mon parapluie l'a percuté au plexus de toute la force dont mon bras était capable… cet instant où j'ai relevé la tête et où mes yeux ont croisé les siens… cette seconde inoubliable où ont défilé toutes les souffrances et les humiliations qu'il m'avait fait subir… merveilleuse, inoubliable seconde où il a basculé en arrière, compris qu'il allait mourir et que j'étais son assassin… où l'inflexible arrogant s'est mué en pauvre type terrorisé… j'entends toujours et encore son « aaaaah ! » déchirant… trop tard, mon vieux, fallait réfléchir avant…

Mademoiselle Claudie a terminé son ménage. Je lui ai dit : « Au revoir, mademoiselle. » Elle a claqué la porte sans me répondre. Elle m'en voulait. Je pouvais comprendre.

31

« Je vous dérange, Alexandrine ? Vous écrivez ? Votre conte ? Vos lettres ? Vos je sais pas quoi ? »

Elle m'a bousculée pour entrer, s'est précipitée à la fenêtre, a jeté un coup d'œil à l'extérieur, opéré un demi-tour sec, s'est plantée sous mon nez, à vingt centimètres, les bras raidis, les poings fermés. J'ai reculé. Sûr qu'elle n'avait pas pris ses médicaments. Ça se voyait à ses yeux exorbités et aux ailes de son nez qui frémissaient. Je ne suis pas sortie de l'auberge, j'ai pensé.

« Il aboyait après le chat et il lui courait après pour l'attraper, d'accord, c'est d'accord, mais je vous le demande : quel être normalement constitué n'en aurait pas fait autant ? L'autre était un provocateur. Il grimpait dans le cerisier et de là il sautait chez nous. Tous les jours ! Tous les jours ! Tous les jours ! Plusieurs fois par jour ! Un démon. Lucifer en personne. Mon Dagobert le poursuivait en aboyant *pour le chasser de chez nous*, comprenez-vous ? L'autre remontait comme une flèche dans le cerisier et de là il dardait ses yeux diaboliques sur mon pauvre chéri qui aboyait, qui aboyait, qui s'époumonait au pied de l'arbre, oh le pauvre chéri. Il faisait son boulot, c'est ce qu'il faut comprendre, il gardait la maison, il me gardait, il était sur son territoire, dans sa fonction, dans son droit ! Lucifer savait parfaitement ce qu'il risquait, oh il le savait, croyez-moi. C'était lui l'envahisseur. Lui le boche qui venait nous chercher des noises chez nous. Lui le pousse-au-meurtre. Mon chien c'était un brave, lui, si vous saviez ! Un amour. Un trésor. Un pacifiste. Un être d'une gentillesse absolue. Une âme… Mon âme chien ! Ô mon Dagobert ! *(Pourvu qu'elle ne se mette pas à pleurer !)*

— Un petit Mon Chéri, Gisèle ?

— Avec plaisir, oui, merci. Sont pas mauvaises ces saloperies, on a beau dire. Au début je les critiquais mais finalement on s'y fait. Le problème c'est que vous mangez un Mon Chéri et vous avez envie d'en manger un autre. Ils doivent ajouter de la drogue pour vous accrocher. De la cocaïne peut-être. Ou du haschich, je ne sais pas. Allez, j'en prends deux, je peux ?

— Un troisième si vous voulez !

— Non, quand même ! Mais allez, bon, celui-là, je l'aurai pour après. »

Elle s'assoit pour dépiauter les deux chocolats de leur emballage. Le troisième a disparu dans sa poche.

« Et alors, évidemment, ce qui devait arriver arriva : un jour Dagobert l'a chopé, il lui a planté les crocs dans la cuisse, gnac ! il l'a cloué. Le pauvre Lucifer miaulait à vous faire dresser les cheveux sur la tête. Jésus Marie Joseph, de ma vie je n'ai pas entendu des hurlements pareils. Je me suis précipitée. J'ai retiré le chat de la gueule de Dagobert avec la serpillère pour pas me faire griffer, sa patte ruisselait de sang, elle était molle, c'était atroce. Et il hurlait ! Il hurlait ! Et malgré ça, dès qu'il a été libéré de la mâchoire de Dagobert, si je ne l'avais pas vu je ne l'aurais pas cru, il s'est carapaté sur ses trois pattes valides à la vitesse d'un TGV. C'est courageux, les bêtes. Non, c'est vrai. Le lendemain, son papa, le papa de Lucifer, c'est-à-dire mon salopard d'enfoiré de voisin, à huit heures du matin il était chez moi, l'abruti ! Et il balance un coup de pied à Dagobert, il le fait décoller de deux mètres, et puis il exige que je lui paie le vétérinaire pour l'opération de son chat. Et puis quoi encore ! “Minute papillon, je lui dis, c'était à vous de tenir votre chat, c'est vous le responsable. Nous, c'était de la légitime défense.” Je n'ai pas cédé. Alors il me dit : “Vous voulez que je tienne mon chat ? Je vais le tenir, mon chat, ah je vais le tenir, vous allez voir si je vais le tenir.” Effectivement, il l'a tenu chez lui le temps que les boulettes empoisonnées qu'il avait jetées chez nous par-dessus le mur accomplissent leur besogne mortelle. Je n'ai rien pu prouver, mais le vétérinaire a été clair : votre chien a été empoisonné, mademoiselle Grandpied. Puis alors, quand vous savez que votre salaud de voisin a empoisonné votre chien et que vous ne pouvez pas produire de preuves, vous faites quoi ? Je n'allais pas empoisonner son chat pour venger mon chien, je respecte trop les animaux pour ça, et puis il faut faire très, très attention, on sait pas où ça peut mener l'escalade de la vengeance entre voisins. Vous pouvez déclencher un génocide pour moins que ça, vous savez. Et j'étais seule contre cette brute. Alors, j'ai pris des cachets pour me calmer. Mais je n'ai rien oublié. Rien du tout. C'est comme si c'était hier, et j'en ai toujours gros sur la patate. Vous auriez vu comment ce chat de malheur se pavanait dans notre jardin après la mort de Dagobert ! Il m'a saccagé mes fraises. Mes semis de radis. Mes dahlias. Mes cosmos. Je le chassais, il filait, son maître lui disait : "Vas-y, vas-y, va emmerder la vioque !" Alors cinq minutes plus tard il était de retour. Donc j'ai une question : où je pourrais acheter un fusil ? Au magasin de chasse et pêche de Bayonne, vous croyez ?

— Vous êtes sérieuse ?

— Tout à fait. Moi je suis comme Marie-Thérèse avec Hernandez, je pense que mon salaud de voisin n'a pas été suffisamment puni de ses actes. Un *splatch !* c'est ça qu'il lui faut. Sauf qu'avec mon fusil, ça sera *pan* ! Et s'il bouge encore : re-*pan* ! Je vais à Bayonne. *(Elle se lève)*

— Voyons Gisèle, vous n'allez pas sortir de la Résidence pour aller acheter un fusil à Bayonne ! Vous me faites peur…

— Elle l'a cru ! Hihihi ! Mais non, Alexandrine, mais non, c'était pour rire ! Hihihi !

— Ah ! Vous me rassurez.

— Bon, j'y vais. »

Sur le seuil, elle se retourne et chantonne : « J'oublie, et puis j'y pense, tralala lala lala. » Et moi : « Prenez vos médicaments ! »

32

Nous goûtions au hors-d'œuvre noté « deux étoiles au-dessous de zéro » par Marie-Thérèse récemment promue « inspectrice principale » d'un guide gastronomique pour maisons de retraite et hôpitaux (que nous préparons en secret dans l'avenir fantasmé des choses que nous ne ferons jamais), lorsque Gisèle s'est écrasé le menton sur la table pour nous chuchoter sur un ton de conspiratrice : « François le Bossu à bâbord ! Ne vous retournez pas ! »

Comme de juste, nous nous sommes retournées aussi sec.

Un nouveau résident !

Portant un plateau-repas garni, mademoiselle Claudie pilotait entre les tables un drôle de vieux coiffé d'un béret basque. Il était courbé par l'arthrose sur des jambes arquées de cow-boy, alourdi par une grosse besace qui lui faisait une bosse dans le dos, et s'appuyait sur un makila sculpté pour avancer. « Je vous parie qu'il est pour nous », a chuchoté Marie-Thérèse.

Pari gagné.

Mademoiselle Claudie a déposé le plateau devant la chaise de feu Verdier, à côté de Marie-Thérèse, et, de sa gracieuse manière, elle a fait les présentations : « Ça, c'est madame Etchebarne. Ici, vous avez madame Grandpied. Elle, c'est madame Dumas », et désignant le nouveau résident :

« Lui, c'est monsieur Péducasse. C'est quoi votre prénom déjà ?

— Jules.

— Jules Péducasse. Posez votre besace là et votre bâton là, asseyez-vous… »

Le téléphone qui sonnait dans la poche de mademoiselle Claudie a interrompu les mondanités. Elle s'est éloignée pour répondre.

Il a incliné la tête devant chacune de nous. Épaules larges, nez d'Apache, visage buriné d'homme de grand air. Il a calé son makila et passé par-dessus la tête la sangle de sa besace en prenant soin de ne pas décaniller son béret. La besace a produit un bruit sourd en cognant le pied de la table. « Vous transportez des lingots ou quoi ? » a demandé Gisèle. Il a un peu hésité avant de répondre « non, c'est du tilleul », sur un ton qui m'a semblé signifier qu'il n'avait pas envie qu'on lui pose plus de questions. Mais Gisèle, avec sa discrétion coutumière, a insisté pour savoir comment du tilleul pouvait produire un bruit pareil. Il a entrouvert sa besace pour lui montrer le gros morceau de bois qui la remplissait. Mais quand, insistant encore, elle a voulu savoir à quoi lui servait un morceau de tilleul ici, il a répondu qu'il le dégustait en tisane. Il blaguait, évidemment, en tout cas Gisèle n'a pas eu d'autre explication et il a enchaîné d'une belle voix de baryton lyrique enchanteresse :

« Mesdemoiselles, pardonnez-moi de garder mon béret à table mais il dissimule les stigmates d'une opération récente que je préfère ne pas exposer à vos sensibilités. Appelez-moi Jules. J'ai entendu vos noms, puis-je connaître vos prénoms ?

— Marie-Thérèse.

— Gisèle.

— Alexandrine.

— Alexandrine… Dumas ? »

On ne m'avait pas fait cette intelligente réflexion depuis longtemps ! Le gros malin, c'était couru, allait maintenant me demander si j'étais parente ou descendante d'Alexandre Dumas. J'avais l'habitude.

Ma mère m'a mise au monde et a envoyé mon père me déclarer à l'état civil sans avoir pensé à me choisir un prénom. Qu'il m'appelle comme il voulait, elle s'en fichait. Émile Dumas, mon père, lui non plus n'avait pas réfléchi à la question. En chemin, il rencontre un type à qui il confie son embarras. Ils s'en vont au bistrot du coin se jeter derrière la cravate un petit irouleguy. Un verre, deux verres, trois, quatre… Mon père perd sa lucidité et le type lui dit : « Si ta fille était un garçon tu ne pourrais pas l'appeler Alexandre à cause d'Alexandre Dumas, mais comme c'est une fille, pourquoi tu ne l'appellerais pas Alexandrine ? » C'est donc grâce à l'inventivité de ce monsieur (et au petit irouleguy) qu'on m'aura demandé un million de fois au cours de ma vie : « Vous êtes parente avec Alexandre Dumas ? » J'ai commencé par dire que non, non, pas du tout. Mais à la longue, de guerre lasse, j'ai dit que oui. Et c'est ainsi que je suis devenue une descendante d'Alexandre Dumas.

« Alexandrine Dumas… comme l'auteur des *Trois Mousquetaires* ? Vous êtes parente ?

— En quelque sorte. »

Marie-Thérèse et Gisèle (qui connaissent l'histoire) n'ont pas moufté.

« En ce cas, je n'ai plus aucune raison de vous dissimuler qu'en vérité je m'appelle d'Artagnan. Pour vous servir, gentes dames. *(À Marie-Thérèse et brandissant son makila)* Majesté, mon épée vous est entièrement dévouée. Qu'un rustre importune Votre Majesté et je le pourfendrai !

— Ça peut être utile, a répondu Sa Majesté, le visage fendu d'un large sourire.

— Avant vous, à votre place, il y avait quelqu'un d'autre », a dit Grandpied, et j'ai cru opportun de préciser :

« Oui, un vieux cochon libidineux.

— Respectez les morts, madame Dumas, si ça n'est pas trop vous demander », a grondé une voix dans mon dos.

Je me suis retournée mais mademoiselle Claudie avait lancé sa banderille à la volée et sa blouse rose ondoyait déjà deux ou trois tables plus loin. J'ai rétorqué assez fort pour qu'elle entende : « Respecter les morts, c'est facile, respecter les vivants, c'est plus difficile. »

La blouse rose a fait volte-face et a fondu sur notre table.

« Ça veut dire quoi madame Je-critique-tout ? Vous avez quelque chose à me reprocher ?

— Ça veut dire ce que ça veut dire, qui n'est pas difficile à comprendre.

— Et moi je vous dis qu'on ne dit pas du mal des morts, on les respecte, c'est pas difficile à comprendre non plus.

— Alors par exemple vous respectez Hitler parce qu'il est mort ?

— Ah c'est pas vrai ! Je le crois pas ! Elle recommence avec son Hitler ! Mais moi, madame Dumas, moi j'ai été éduquée. Et ma maman m'a appris qu'on respecte les morts.

— Et moi, mademoiselle Martin, ma mère à moi m'a appris à ne pas parler à tort et à travers.

— Par contre elle vous a appris à faire chier le monde, ça oui, je m'excuse pour le gros mot, monsieur dames, mais cette personne me cherche et moi quand on me cherche on me trouve.

— C'est vrai qu'on vous trouve et qu'on ne risque pas de vous louper. Il y a des invisibles dans cette résidence, mais je vous rassure : pas vous. »

Grandpied a pouffé dans sa serviette. Marie-Thérèse a tapoté la table du bout des doigts. Jules a posé sur eux une main apaisante. « Mesdemoiselles ! Mesdemoiselles ! Sa Majesté vous exhorte à la retenue ! »

Mademoiselle Claudie a haussé les épaules. « J'ai d'autres personnes dont m'occuper de toute façon. »

Et la blouse rose a disparu de notre vue.

« Eh bien, je suis à la bonne table dirait-on, la conversation est animée et on y fréquente des dames de qualité », a dit Jules, tourné vers Marie-Thérèse – à sa droite, de profil. Elle a senti son regard insistant et elle s'est tournée pour le dévisager.

« Dites-moi, d'Artagnan, vous avez quel âge ?

— Quatre-vingt-dix ans. Et vous ?

— Voyons, jeune homme, on ne pose pas cette question à une dame. Encore moins à une dame bientôt centenaire !

— Oh je suis confus, je suis navré, je vous prie d'agréer mes excuses les plus plates, pardonnez-moi, Votre Majesté. »

Il s'est courbé pour lui faire un baisemain. Elle ne l'a pas rabroué, elle n'a pas retiré sa main, et quand il s'est redressé, elle a dit, royale : « Vous êtes pardonné. »

Grandpied a applaudi.

On n'est qu'une bande de vieux gagas, j'ai pensé.

Ce marivaudage a pimenté le repas de reparties plus ou moins spirituelles et, insufflant une bonne humeur dont personne ne saurait se plaindre, le nouveau venu maintenant installé à notre table comme s'il y était chez lui depuis toujours animait la conversation avec la légèreté audacieuse du baratineur qu'il avait dû être en son jeune âge.

Grandpied faisait la savante et gloussait comme une poule à chacun des cocoricos du coq qui nous honorait. En pure perte. Il était clair qu'elle n'existait pas pour lui, non plus que moi d'ailleurs, tandis que Marie-Thérèse avait droit à des regards appuyés et à une sollicitude de minute en minute plus tendre : il lui effleurait une fois la main, une fois le bras, la faisait rire, lui tournait des compliments d'une banalité affligeante auxquels sa belle voix donnait une élégance surannée… votre délicieux parfum de violette !… vos cheveux de fée !… votre port de reine !… en fixant sur son profil un regard intense qui agissait comme un aimant et la faisait se tourner vers lui avec un sourire ravi.

Je rêve ou ces deux-là sont en train de flirter ? me disais-je. Allons ! Le vieux baratineur drague la vieille dame en imaginant qu'elle possède des biens, de l'argent, des bijoux, un patrimoine, un magot quelconque sur lequel il pourrait faire main basse. C'est un escroc, un pervers sexuel, une réincarnation de feu Verdier, un spécialiste en séduction de centenaires. Ouvrons l'œil, restons vigilante. Une chose est positive : le sourire est revenu sur le visage de Marie-Thérèse.

Jules lui a demandé :

« Vous savez à qui vous me faites penser ?

— À la reine d'Angleterre, a dit Grandpied.

— La reine de cette table est plus jolie que la reine Élisabeth, plus fine, plus délicate, plus charmante. Non, je pensais à une beauté cinématographique. Je pensais à Danielle Darrieux. Vous avez le même profil. Vous auriez pu être actrice.

— On m'a souvent dit que je lui ressemblais, mais de là à faire du cinéma, non quand même ! » a répondu Marie-Thérèse avec une coquette modestie.

Il lui a pressé la main : « Vous êtes délicieuse. Vous me rappelez ces vers de Musset :

> « *Je vous ai vue enfant, maintenant que j'y pense,*
> *Fraîche comme une rose et le cœur dans les yeux.* »

Oh là là

Le repas terminé, Marie-Thérèse a proposé d'aller « respirer l'air » dans le parc. Jules a confié son makila à Grandpied et, d'autorité, a endossé la fonction de pousseur du fauteuil royal. J'ai préféré regagner ma chambre pour écrire.

P.-S. : Est-ce que j'ai assisté à un coup de foudre entre deux ex-jeunes gens qui viennent de se rencontrer à la cantine du lycée ? Je ne peux le croire.

33

Le poème de Musset évoqué par Jules m'a rappelé un autre poème que ma mère m'avait récité la veille de sa mort. Je l'ai retrouvé sur Internet.

Elle gisait dans son lit médicalisé, les yeux mi-clos, un râle caverneux s'échappait de sa poitrine – le râle de l'agonie, c'est la fin, j'ai pensé. « Bonjour maman, c'est moi, Alexandrine. » Elle a ouvert les yeux, sa main droite s'est soulevée avec lenteur et elle m'a fait signe d'approcher… encore… encore… Quand mon visage a été au-dessus du sien, d'une voix à peine audible et en reprenant son souffle entre les mots, elle a récité :

> « *L'heure de ma mort, depuis dix-huit mois,*
> *De tous les côtés sonne à mes oreilles.*
> *Depuis dix-huit mois d'ennuis et de veilles,*
> *Partout je la sens, partout je la vois.* »

Elle a fermé les yeux, épuisée par l'effort. C'était la première fois de ma vie que je voyais d'aussi près la mort à l'œuvre, son envahissement inexorable d'une vie dont elle épuisait sans pitié la résistance, d'un pauvre corps déchu qui respirait à peine mais respirait encore, résistait, résistait désespérément, pour retarder l'instant inexorable où il lui faudrait s'abandonner au néant. Je dis pour la première fois de ma vie parce qu'en ce qui concerne Léo, je n'ai pas assisté à ses derniers instants. Je l'ai vu bien vivant et puis mort, rien de comparable à la métamorphose qui a vaincu ma mère. Je me suis assise tout contre son lit. Elle ne bougeait plus, sinon le râle qui soulevait sa poitrine et signalait qu'elle était toujours vivante. Je me demandais si elle souffrait, si elle avait peur, si elle était consciente, et je restais plantée à la regarder, pétrifiée de tristesse et de curiosité et me répétant comme un mantra : « La mort est à l'œuvre… La mort est à l'œuvre… »

De sa voix faible elle a murmuré en s'arrêtant à chaque mot pour chercher de l'air : « Je saute la strophe suivante, je l'aime pas. » Puis à nouveau le râle caverneux. Puis silence. C'est fini, j'ai pensé. Mais après quelques secondes, un filet de voix est revenu chez les vivants pour réciter d'une traite :

« *Ma force à lutter s'use et se prodigue.*
Jusqu'à mon repos, tout est un combat ;
Et, comme un coursier brisé de fatigue,
Mon courage éteint chancelle et s'abat. »

Longue pause, puis : « … pas mon poète préféré mais… »… quelque chose que je n'ai pas compris.

Elle est morte dans la nuit, pendant qu'on dormait.

34

Toc, la porte s'ouvre.

Mademoiselle Claudie braille : « Elle a de la visite ! » Et un octave en dessous, onctueuse : « Allez-y, monsieur Hernandez, entrez ! »

Hernandez ? Vous ici !

Elle claque la porte sur lui et appareille pour d'autres horizons…

Cravate bleu ciel sur chemise chocolat, mocassins cirés, after-shave odoriférant, il se précipite, la main tendue. « Bonjour, chère madame ! Comment allez-vous ? Henri Hernandez. Je suis le gendre de madame Etchebarne. On s'est déjà entraperçus quelquefois dans le couloir. Enchanté d'avoir l'opportunité de faire plus ample connaissance avec la descendante du grand Alexandre Dumas et pardon de vous déranger. Ma belle-mère nous a dit que vous-même écrivez… bon sang ne saurait mentir ! »

Je suppute… Soit il passe dans toutes les chambres pour faire son baratin électoraliste, soit cette visite a un rapport avec Marie-Thérèse. Quelle qu'en soit la raison, sa présence me hérisse le poil. Je ne saurais oublier que ce bellâtre est l'infecte crapule, le détrousseur de vieille dame, le pourri, le manipulateur qui a spolié Marie-Thérèse, qui l'a enterrée vive dans cette résidence et qui a abattu son marronnier chéri. Je ne lui souris pas.

Son regard fait un examen circulaire de la chambre. « Vous êtes drôlement bien, ici... »

Je suis tentée de lui répondre vertement ce que je pense de cette chambre, mais il se trouve que ma cousine Lilette m'a apporté hier *L'Art de la guerre* de Sun Tzu, que je viens de le feuilleter et que j'ai encore ces mots présents à l'esprit : « Tout l'art de la guerre est basé sur la duperie », ce qui m'incite à lui répondre que oui, je suis drôlement bien ici. Je l'invite à prendre place sur la chaise des visiteurs. J'ai hâte de connaître le pourquoi de sa visite.

Il vient me parler de l'anniversaire de Marie-Thérèse parce que sa femme et lui désirent honorer la chère centenaire et lui faire un cadeau mémorable, digne d'un siècle de vie. Le prix importe peu, quand on aime on ne compte pas, n'est-il pas vrai ? Mais ce n'est pas si simple de faire un cadeau à une personne de cet âge, d'autant qu'elle ne formule aucun souhait particulier.

Alors (je résume), le couple en est venu à l'idée de lui offrir un ordinateur.

« Et ça, chère madame, c'est à cause de ou grâce à vous.

— Moi ?

— Oui, madame Dumas, à cause de cet ordinateur portable que je vois là. Elle nous en a parlé plusieurs fois avec enthousiasme après que vous lui avez montré comment cliquer. Elle a adoré cliquer. »

Il venait donc voir mon ordinateur et en prendre les références avec l'idée d'offrir le même à Marie-Thérèse, pensant – « si vous en êtes d'accord, chère madame, cela va de soi » – que son initiation serait facilitée par le fait qu'elle me demanderait conseil, que je pourrais l'aider et l'entraîner, blabla, blabla.

Pareil cadeau à une centenaire qui n'avait jamais touché un ordinateur de sa vie avant de me connaître me paraissait aberrant et d'une stupidité sans bornes. Toutefois j'ai gardé mon opinion pour moi, j'ai seulement objecté que j'allais quitter bientôt la Résidence, que dans deux ou trois semaines tout au plus je serais partie et qu'à mon avis, ces deux ou trois semaines ne suffiraient pas à initier Marie-Thérèse aux rudiments de l'informatique.

« Ceci dit, cher monsieur, ai-je ajouté, elle m'a parlé d'un cadeau qui la ravirait, qui lui procurerait un plaisir incomparable, certainement supérieur à celui d'un ordinateur…

— Dites ! Dites-moi vite ! Je pars l'acheter sur-le-champ.

— Conduisez-la à son marronnier. Vous ne lui ferez pas de plus beau cadeau. Et, j'en suis certaine, vous et votre femme serez récompensés au centuple, si… »

Il s'est dressé. Tout de suite le grand jeu. Il gémissait. « Ah non ! Non ! Non ! C'est un cauchemar ! Le foutu marronnier ! Encore lui ! On ne s'en débarrassera jamais ! Parlons-en, oui, parlons-en de ce marronnier ! Ah bon Dieu ! » Les mains plaquées sur le visage de part et d'autre du nez, il respirait bruyamment, puis il a pressé ses mains l'une contre l'autre, puis il a soupiré à fendre l'âme, fait trois pas jusqu'à la fenêtre, regardé dehors en hochant la tête, enfin il est revenu s'asseoir avec la gestuelle de l'accablement qui, si l'on en croit le *Yi King*, précède la chute au fond du puits. *Comediante !* Tu en fais trop, mon vieux, tu n'as pas le talent de ta belle-mère, tu n'entreras jamais à la Comédie-Française, je pensais.

Puis il m'a regardée dans les yeux avec la profonde sincérité d'un crocodile et m'a assurée de son *entière confiance* en moi, ce qui l'amenait à me faire une révélation *ultraconfidentielle* : lors des violents orages survenus en octobre dernier, le fameux marronnier avait été foudroyé. « Voilà la triste vérité. » L'arbre avait brûlé sur pied. Il était totalement calciné. Ses branches noires dépourvues de feuilles, qui semblaient implorer le ciel, offraient un spectacle si désolant qu'on avait préféré cacher la vérité à Marie-Thérèse par crainte de ses réactions… « parce qu'à son grand âge, avec sa fragilité… et sa sensibilité… la tête peut s'en aller très vite, vous savez ».

Hé ! Pas si mauvais comédien tout compte fait, me disais-je devant son aplomb. Le menteur finissait par être presque convaincant et, si je n'avais de mes propres yeux constaté ce qui était advenu du marronnier, j'aurais peut-être gobé sa fable. Malheureusement pour lui, tandis qu'il débitait ses mensonges, je ne cessais pas de voir le chantier d'Iduzkian, le cœur serré par la tristesse de Marie-Thérèse. *Va, va, espèce de salaud, raconte-moi tes boniments*, lui disais-je en pensée. Loin de se douter qu'il était démasqué, lui redoublait de hâblerie.

« Nous ne savons plus que faire, madame Dumas. C'est une obstinée. C'est une têtue. Elle n'est pas basque pour rien, vous savez. Chaque dimanche je viens la chercher. Chaque dimanche nous nous coupons en quatre pour essayer de lui faire plaisir. Et chaque dimanche elle demande à aller voir son marronnier. Et bien sûr nous sommes obligés de refuser. Vous comprenez pourquoi. Ça nous désole, mais… Nous sommes désemparés. Son obsession pour cet arbre est… comment dire ?… pour elle ce marronnier n'est pas qu'un objet botanique ordinaire fait de bois, de feuilles, de fleurs et de marrons. Pour elle, c'est une entité d'ordre pour ainsi dire surnaturel, une espèce d'arbre-esprit avec qui elle a vécu un tas d'histoires imaginaires quand elle était enfant. Et maintenant que son grand âge la ramène à son enfance et qu'elle se remémore les vieilles histoires du temps jadis, le vrai se mêle à l'imaginaire, le réel au fantasme et tenez, par exemple, vous allez voir, pas plus tard que dimanche dernier, elle nous a raconté une histoire abracadabrante de caisse de lingots que son père ou son grand-père aurait enterrée au pied ou à quelques mètres de cet arbre… »

Nous y sommes. Les lingots. Telle est donc la raison de sa visite. Il enquête.

« Les lingots ? Ah oui, elle m'en a parlé. Elle veut que vous les déterriez, je sais.

— Elle vous a raconté cette histoire à dormir debout à vous aussi ? Il y a de quoi s'interroger sur sa santé mentale, non ? Je n'ai pas voulu affoler ma femme mais, entre nous, comment dire ?… ces délires, j'en ai peur, annoncent… »

Il laisse suspendue la fin de sa phrase et il mime, en faisant tourner son index à hauteur de la tempe, la sénilité qui guette Marie-Thérèse, objet des craintes indicibles d'un gendre attentionné. Je joue l'étonnement imbécile.

« Histoire à dormir debout ? Délires ? Je ne suis pas d'accord. Je pense au contraire qu'elle a toute sa tête, une mémoire exceptionnelle, elle est remarquable de vivacité intellectuelle et franchement je vous souhaite d'être comme elle à son âge. L'histoire des lingots de son grand-père et de son père, et de quelle façon ces lingots ont été enterrés pour ne pas qu'ils tombent aux mains des Allemands… déterrés, à nouveau enterrés… tout se tient. C'est une histoire véridique qui ne s'invente pas, vous devriez vous en réjouir, ces lingots dorment depuis des années sous le marronnier et, comme la Belle au bois dormant dans son cercueil, vous êtes le Prince qui va les réveiller. C'est merveilleux.

— Vous avez hérité de l'imagination de votre ancêtre, je vois, mais en réalité…

— Monsieur Hernandez, je vais vous parler franchement. J'entends ce que vous dites et ne dites pas, qui me donne à supposer que vous n'avez pas fait dessoucher le marronnier. Sinon la caisse de lingots aurait refait surface pendant l'opération de dessouchage et vous ne parleriez pas des délires de votre belle-mère. J'en déduis que cette caisse se trouve toujours à l'endroit où elle a été enterrée. Marie-Thérèse va vous guider pour la retrouver, vous allez entrer en possession d'un trésor digne du trésor de Rackham le Rouge, c'est tout simplement merveilleux. Il ne s'agit pas d'imagination, monsieur Hernandez, je n'imagine pas, monsieur Hernandez, j'extrapole.

— Mais comment lui annoncer que son arbre a brûlé ? Comment ? C'est mission impossible, vous ne vous rendez pas compte !

— Expliquez-lui très simplement qu'il a été foudroyé, que vous n'y êtes pour rien, que c'est la loi de la nature. Elle sera peinée mais elle supportera la vérité mieux que vous ne le pensez, vous verrez. Vous l'emmènerez voir ce qui reste de son arbre, elle déposera un bouquet de fleurs contre son tronc calciné, elle vous montrera l'emplacement de la caisse, vous la déterrerez, puis vous lui offrirez l'ordinateur, c'est une très bonne idée, ce sera un anniversaire magnifique. »

Hernandez enfouit sa consternation entre ses mains à nouveau plaquées sur son visage douloureux. Il pense aux ouvriers qui ont abattu et dessouché le marronnier. Il les imagine déterrant la caisse, l'ouvrant, découvrant les lingots et décidant de se les partager en se jurant de n'en parler à personne… il y a des gens malhonnêtes partout… Il va falloir d'urgence retrouver les noms des coupables… Peut-être engager un détective. À moins qu'il ne reste une chance, une toute petite chance que la caisse n'ait pas été trouvée ? Auquel cas…

Il a mis brusquement fin à la visite, pressé de faire à sa femme un rapport circonstancié de notre conversation et de décider avec elle des mesures qui s'imposent.

J'ai raconté la scène à Marie-Thérèse. « C'est bien, disait-elle, je suis contente, contente, contente. » Jules a ajouté : « Les vampires, il faut leur planter un pieu dans la poitrine, sinon ils reviennent toutes les nuits sucer le sang de leurs victimes… » Et il a fait le geste de clouer un vampire avec son makila. Dans un éclair, j'ai vu la pointe de mon parapluie s'enfonçant dans la poitrine de Léo…

Écrire m'a tenue éveillée. Il faut que je dorme. Il est deux heures du matin.

35

Je rallume.

En fin de compte, le plus dur à accepter n'est pas que la vie nous soit retirée. Ça va, on a compris, on doit mourir. Nous attendons donc notre mort avec résignation et philosophie.

Non, le plus dur à accepter, c'est le bilan d'une vie médiocre qui aurait pu être beaucoup mieux employée si j'avais été plus clairvoyante, plus courageuse, si j'avais pris certains chemins qui s'offraient à moi. Ce regret m'obsède. Je le chasse. Il revient. Un Mon Chéri. Soupir.

Mais aussi on nous oblige à savoir vivre du premier coup ! Comment voulez-vous ?!

Je suis issue d'une longue lignée de femmes soumises, vouées à l'accouplement avec des barbares qui ont servi de soldats à Rome, de piétaille aux seigneurs d'Aquitaine et de chair à canon aux généraux des grandes guerres. Je n'ai pas échappé à mon destin et j'ai épousé Léo, barbare descendant de barbare, pensais-je, dans cet entre-deux-mondes où me plonge l'insomnie, agitée par mes obsessions et des pensées aussi lumineuses qu'elles sont stupides et ridicules le lendemain matin.

Je vais éteindre et je ne rallumerai pas. Je dors déjà.

36

Grandpied a déboulé dans un état de fureur indescriptible, vociférant des propos orduriers, les yeux hors de la tête, les cheveux en bataille, la bouche tordue. Elle m'a effrayée. J'ai voulu la prendre dans mes bras mais elle m'a repoussée avec tant de violence qu'elle a failli me faire tomber. Elle hurlait des insanités à l'adresse des plombiers, des garagistes, des dentistes, des médecins et, bien sûr, de son voisin. À tous, elle voulait couper les parties génitales et en faire des brochettes à barbecue.

Une chose était sûre : elle n'était pas en voie de se calmer ni d'entendre raison et je me demandais que faire pour me débarrasser d'elle.

Mademoiselle Claudie qui passait dans le couloir a entendu ses vociférations. Elle est entrée sans frapper et – l'eusses-tu cru ! – j'ai béni son intrusion.

« Voyons, mademoiselle Grandpied, du calme voyons, du calme !

— Ta gueule poufiasse ! Mange ta merde ! Dagobert ! Mon amour ! Défends maman ! Bouffe-la ! » (J'édulcore, même dans le secret de ce cahier, j'aurais honte de répéter les abjections ignobles qu'elle a proférées.)

Mademoiselle Claudie a appelé à la rescousse l'infirmière de service, madame Seringa, une Antillaise à la peau café au lait, au popotin et aux seins de matrone et, ce que j'aime par-dessus tout chez elle, au délicieux accent des îles qui mange les « r ». On a eu de la chance, elle n'était pas loin. Elle a empoigné Gisèle avec fermeté.

« Elle est un peu fatiguée, mademoiselle G'andpied, elle va veni' gentiment avec moi, je vais lui fai' une petite piqû' et ça va aller, ça va aller, mademoiselle G'andpied.

— Dagobert mon aimé ! Je veux mourir avec toi !

— Tout à l'heu', mademoiselle G'andpied, tout à l'heu'. D'abo' elle vient avec moi cinq minutes, elle se 'epose un peu et ap'ès on voit qu'est-ce qu'il dit Dagobe't...

— J'ai des révélations ! J'ai des *splatch !* Alexandrine !

— Oui mais d'abo'd elle vient avec moi mademoiselle G'andpied. Ap'ès elle 'eviend'a fai'e ses 'évélations à madame Dumas. Ap'ès. D'acco'd ? Madame Dumas attend'a, elle ne bouge pas de sa chambre, n'est-ce pas madame Dumas que vous attendez mademoiselle G'andpied ? Vous voyez ! Allez, on y va. P'enez-la pa' l'aut'e b'as, mademoiselle Claudie. »

Une heure plus tard, je frappe à la porte de la chambre de Marie-Thérèse. Pas de réponse. Il fait beau et je suppose qu'elle est descendue dans le parc avec d'Artagnan. Puis je frappe chez Gisèle. Pas de réponse non plus. Là, je suppose que si madame Seringa lui a administré un calmant, elle dort. Je tourne tout doucement la poignée pour vérifier. Elle n'est pas là. Le lit n'est pas défait. Tout en l'appelant, je pénètre à l'intérieur de la chambre pour jeter un coup d'œil dans la dans la salle de bains. Elle n'y est pas. Je vais lui laisser un mot. Je cherche de quoi écrire dans le tiroir de sa table de nuit. Je tombe sur cette lettre (ou plutôt, au vu des ratures, ce brouillon de lettre). Pas d'en-tête ni de nom de destinataire mais il n'est pas difficile de deviner à qui elle s'adresse.

Salut enfoiré de pourriture ~~de salopard saloperie~~ d'ordure de merde,

Fais tes prières parce que tu vas crever ~~comme un chien~~.

La justice des hommes est injuste mais ma justice à moi te châtiera justement comme le méritent les ~~pourris dans ton genre~~ crapules qui assassinent des bêtes innocentes. Je vais te tirer un coup de fusil dans ~~le ventre les roubignoles~~ les couilles ~~et on va voir si et c'est tout et tu verras~~ pour te faire réfléchir ~~et comprendre ce que c'est de~~ et te crever comme un chien.

Signé : Ta conscience.

J'ai plié la feuille en quatre et je l'ai emportée en songeant qu'il n'y a pas si longtemps, c'est Gisèle qui emportait une page m'appartenant... Sauf que je n'ai pas emporté la lettre de Gisèle pour satisfaire ma curiosité mais en pensant qu'il était préférable que mademoiselle Claudie ou madame Seringa ne tombe pas dessus.

Et ce matin, revoilà ma Gisèle qui vient me chercher pour le petit déjeuner, calme comme un lac de montagne, l'antithèse de la cinglée qui hurlait des horreurs hier. « Je vois que ça va beaucoup mieux, Gisèle, vous avez l'air reposée. Vous savez que vous m'avez fait peur ? » Non, elle ne s'en souvient pas. Et de m'expliquer qu'elle a été *victime d'une interaction nocive* entre ses médicaments et une flasque de gin *oubliée* dans ses affaires, *malencontreusement* découverte en faisant du rangement, et *malencontreusement* vidée dans son gosier plutôt que dans le lavabo. « C'est un peu comme vous, dit-elle, quand vous avez fait votre overdose de Mon Chéri et que vous avez vomi, vous vous souvenez ? »

Il y aurait eu à dire mais il m'a paru plus avisé de parler de cette lettre que n'importe qui aurait pu trouver dans sa table de nuit, mademoiselle Claudie par exemple.

J'y vais doux, j'enrobe, je crains de la mortifier ou de la mettre en rogne. En fait, elle a l'air ravie et satisfaite d'elle-même.

« Elle est extra, non ?

— Quoi donc ?

— Ma lettre.

— C'est-à-dire que…

— N'importe comment, vous n'avez eu que le brouillon, elle était déjà partie.

— Comment ça ?

— Je l'avais mise au courrier avec un timbre.

— Vous l'avez envoyée ? À votre voisin ?

— Ben oui.

— Vous n'avez pas fait ça ?

— Que si ! Je l'ai recopiée au propre, je l'ai glissée dans une enveloppe, un timbre, et hop ! au courrier ! À l'heure qu'il est il l'aura reçue. J'espère qu'il flippe, cette ordure. Il se croyait débarrassé de moi, hein, haha ! je ris de me voir si belle en ce mouroir ! Sa tronche ! La mâchoire qui pend ! Il me fait rêver…

— Mais enfin Gisèle, réfléchissez deux minutes ! Vous proférez des menaces de mort ! Il serait en droit de porter plainte !

— Vous me prenez pour une demeurée ? Vous croyez que je ne sais pas ce qu'est une lettre anonyme ? Primo, je l'ai écrite en majuscules et de la main gauche pour déjouer une éventuelle expertise graphologique. Deuzio, je ne l'ai pas signée. Et *toc* ! Croyez-moi, elle est réfléchie cette lettre.

— Mais…

— Ah le régal que ça a été de l'écrire, le pied ! Pour faire un petit jeu de mots facile, je vous le concède, je dirai même quel *grand pied* ! Hi hi hi ! Et même quel beau pied… pied bot, Berthe mon ancêtre… vous pigez ? Hi hi hi ! Heureusement qu'on rigole un peu tous les trente-six du mois. Ma première lettre anonyme ! Tant de fois, Alexandrine, tant de fois j'avais rêvé d'en envoyer une ! Dans la vie, vous savez, il y a toujours des putains de crevures d'enfoirés d'emmerdeurs qui vous aplatissent, qui vous anéantissent, qui vous… un verbe en « -issent » s'il vous plaît… qui vous périssent… pourrissent, oui, pourrissent, très bien. Et que faire contre ces gens dont le seul et unique but dans l'existence depuis qu'ils sont nés est de pourrir celles des autres ? Ils sont exercés, ils sont puissants, et vous, vous êtes obligée de courber l'échine, de vous plier en quatre, en six, en dix, en confetti. Ah, tant de fois j'ai rêvé de me venger de ces ordures en écrivant des lettres d'invectives, de menaces de mort ou de dénonciation aux impôts et à la police ! J'en ai écrit dans ma tête... je ne les compte plus, j'en ai écrit... plein. Mais jamais sur papier. C'est idiot, je sais, mais j'étais empêchée par la moralité à la mords-moi-le-pif qu'on m'a inculquée dans ma jeunesse : tends l'autre jour pour recevoir une autre baffe !... c'est mal de rapporter !... on ne dénonce pas les ordures !... continue à bêler comme un mouton devant l'assassin de ton chien !... et *tutti quanti*. Enfin celle-là, au moins, je l'ai écrite et envoyée, bien envoyée dans les gencives de cette pourriture, et mon chien qui me regarde de là-haut est content de moi, content, content, content, il remue la queue, je l'entends qui aboie... wa ! wa ! Maman est là... »

37

Deux jours plus tard

Malaise dans le couloir : un vertige, un éclair, fondu au noir, je suis par terre. Madame Pète-Sec qui croisait dans le secteur s'est précipitée. Sa voix autoritaire a frappé l'étage comme un coup de bêche dans une fourmilière. Aussitôt les fourmis ont troqué leur blouse de gardes-chiourmes contre leur combinaison de Supersoignantes qui sauvent des vies. Elles couraient dans tous les sens sous les ordres de Super-Pète-Sec, transcendées par l'adrénaline de l'urgence.

À mon sens, il n'y avait rien de grave, rien de cassé, j'avais toute ma lucidité, je ne voulais pas aller à l'hôpital, je ne voulais pas. Mais elles ont passé outre ma volonté et, malgré mes protestations, j'ai été expédiée en ambulance à l'hôpital de Bayonne. On m'a déshabillée, auscultée, questionnée, analysée, décortiquée, scrutée par l'imagerie médicale la plus performante. On m'a gardée pour la nuit et renvoyée le lendemain en fin de matinée sans me dire grand-chose sinon que rien n'avait été détecté qui méritât une prolongation dc séjour. J'aurais fait un malaise vagal sans gravité. L'interne de service m'a recommandé de *rester prudente*.

« Ça veut dire quoi prudente ?

— Prudente veut dire prudente : pas d'excès de boisson, pédale douce sur la viande, le sucre et le sel, pas de folies. Prudente, quoi.

— Je loge à la Résidence Biarritz Bonheur, ce n'est pas un lieu où l'on fait des folies et des excès de table, jeune homme, je vous le garantis…

— Alors c'est très bien, madame. C'est très bien. Continuez comme ça. »

Retour à la Résidence. La directrice prend connaissance du compte rendu de l'hôpital, sur quoi elle m'annonce que ma sortie doit être différée.

« Pourquoi ?

— Parce que.

— Parce que quoi ?

— Le docteur Trucmuche vous l'expliquera mieux que moi.

— Quand ?

— Il vous l'expliquera, je vous dis.

— Quand ? Il me l'expliquera quand ?

— Dès qu'il pourra passer vous voir. »

Que madame Junca n'espère pas me garder captive jusqu'à la fin de mes jours. J'ai été très docile jusqu'à présent, mais si je n'ai pas l'autorisation de sortie d'ici deux semaines tout au plus, je m'évade. Et je vais rédiger ce soir même, avant de me coucher, des directives de fin de vie pour le cas où je me retrouverais hors d'état de parler et sous la coupe de la médecine hospitalière.

En attendant Trucmuche, j'ai relu ce que j'ai écrit dans ce cahier depuis le début – relu entièrement, c'est dire si j'ai poireauté…

Me relire, c'est un peu comme entendre ma voix dans un enregistreur ou me découvrir par surprise dans le miroir d'un magasin : la vieille dame aux cheveux gris, cette voix étrange et mal timbrée, les mots malhabiles de ce cahier… Je ne suis pas elle et elle n'est pas moi. Moi je suis derrière, cachée derrière…

J'ai trouvé curieux et parfois assez amusant d'observer la façon dont le crime de la vieille dame se fait oublier au fil des pages dans le quotidien de la Résidence. Disons-le, cette vieille dame est une meurtrière sans remords. J'en suis presque choquée. Pauvre Léo ! La confession du crime, vite expédiée, se mue très vite en gazette des âmes errantes qui peuplent ce lieu, le Scrabble prend plus d'importance que le crime, Léo est supplanté dans le rôle principal par des personnages secondaires, voire de simples silhouettes, telle mademoiselle Claudie. Pourtant, sur l'échelle des relations qui comptent, mademoiselle Claudie est au-dessous de zéro. À l'instant où la vieille dame sera sortie de la Résidence, je gage que mademoiselle Claudie n'existera plus et que…

(Interruption)

Je n'économise pas l'encre de monsieur Bic pour cracher sur mademoiselle Claudie, en revanche, pas une ligne sur les bonnes personnes qui m'entourent dans le civil (si j'ose dire), notamment sur ma très chère et très précieuse cousine Lilette qui me téléphone chaque jour, me rend visite, m'apporte des livres, m'approvisionne en Mon Chéri, est en ce moment même en train de préparer ma maison pour mon retour, m'aidera sûrement à m'évader si besoin est, et me rend mille autres services inestimables avec un dévouement que Marie-Thérèse et Gisèle m'ont souvent envié. Mais ça, il est vrai, c'est la vie qui n'a pas besoin de s'écrire puisqu'elle va bien.

(Deuxième interruption, grrr)

Beaucoup plus tard

Et cependant mademoiselle Claudie n'est pas une mauvaise personne. Elle fait preuve d'un courage qui mérite d'être salué. Car il faut un sacré courage pour changer chaque jour les couches de pipi caca des morts vivants qui gisent dans les chambres du bout du couloir – ces invisibles dont on ignore les noms et les visages mais dont les cris, parfois, traversent les portes et parviennent jusqu'à nous.

Mademoiselle Claudie, aide-soignante courageuse, mal payée, méritante et respectable, appartient malheureusement à cette confrérie redoutable de gens qui ont le chic de vous empoisonner l'existence au prétexte de vous rendre service.

Ce cahier ne reflète pas non plus l'ennui accablant, l'ennui abyssal du résident qui attend. Qui n'a rien d'autre à faire qu'attendre. Qui attend l'heure du médecin, l'heure du médicament, l'heure de dormir, l'heure de manger, l'heure où quelqu'un lui adressera la parole… Entre ces événements, ce ne sont que de longs, d'interminables moments d'ennui et de solitude… l'ennui que diffuse ce décor mortifère… l'ennui assourdissant de la télé, de la publicité et des imbécillités abrutissantes devant lesquelles on colle les vieux comme les enfants pour avoir la paix. À la directrice qui demandait à Marie-Thérèse comment elle allait, notre Majesté a répondu : « Moi ça va, mais ma vieillesse, elle, s'ennuie comme un rat mort. »

Encore plus tard

Rien écrit non plus sur le brouillard. Je laisse croire qu'à quatre-vingt-cinq ans la vieille dame que je suis conserve le cerveau d'une personne qui en aurait vingt ou trente de moins. Ce n'est pas vrai. Un brouillard insidieux envahit mon esprit. Des êtres et des événements s'y perdent. Mon activité mémorielle rétrécit comme ma musculature et ma capacité à éprouver des sentiments. Mon cœur se momifie. Lorsque cette vieille dame que j'ai du mal à accepter, cette usurpatrice qui s'est substituée à la jeune femme que j'étais rentrera chez elle, il y a fort à parier qu'elle oubliera non seulement mademoiselle Claudie, mais aussi les personnes avec qui elle a tissé des liens amicaux. Qu'elle oubliera même Marie-Thérèse pour qui elle éprouve la plus sincère affection. Mais, au fond, qui aime-t-elle vraiment ? Réponse : Lou-Ann. Il semble que la vieille dame aime sa fille sincèrement… Il semble…

Les vieux sont méchants. C'est logique. La méchanceté est dans l'ADN du *sapiens* depuis l'aube de l'humanité, elle est viscérale et… et… je ne sais plus à quoi je voulais en venir, je n'ai plus les idées claires, en l'occurrence non point à cause de la vieillesse, mais parce qu'il est très tard, une fois de plus, et que soudain je tombe de sommeil. Monsieur Bic va se coucher dans le tiroir et moi dans mon lit. Bonne nuit !

P.-S. : Mais non, les vieux ne sont pas tous méchants. À côté du père Fouettard et de la vieille sorcière édentée qui enfourche son balai en ricanant, ne pas oublier qu'il y a aussi la mamie confiture, la mamie tricot, le papi de Toto dont la pipe pue… stop ! Je dors.

P.-S. 2 : Un dernier mot à propos de ce que j'ai écrit sur la vieille dame que mademoiselle Claudie étrillait comme un cheval. J'ai relevé cette scène, mais dans l'entrebâillement des portes de chambres, j'ai eu d'autres visions du chemin de croix qu'endurent les résidents les plus faibles avant de mourir. J'ai vu des scènes… Je ne pourrais pas les écrire. Mon cœur ne le peut pas…

Au dodo mamie ! J'écrirai mes directives de fin de vie… demain.

38

Grandpied (en pleine forme) : « Scrabble ! » et elle pose *CRAMERA*.

On s'esclaffe.

« Cramer ou ne pas cramer, *that is ze question*, dit Jules.

— Moi je préfère être enterrée, dit Marie-Thérèse. Cramer comme Jeanne d'Arc, non merci ! Jamais de la vie !

JULES *(tendrement)*. — Ma mie… ma mie en deux mots… vous ne pensez pas que l'incinération est plus écologique ?

MARIE-THÉRÈSE. — Peut-être, mais moi j'aime la terre. Je veux qu'on m'enterre dans la terre qui sent la terre quand il pleut. Si en plus il y a un arbre qui me fait de l'ombre, je serai au paradis.

GRANDPIED. — Qu'est-ce que ça peut vous faire ? Du moment qu'on est morte on ne sent plus rien, alors pourquoi pas cramer ?

MARIE-THÉRÈSE. — Ah non, non ! Jamais de la vie !

GRANDPIED. — Mais qu'est-ce que ça change ? On est mort et après on s'en fiche !

MARIE-THÉRÈSE. — Non. Brûler comme ça, c'est non je vous dis. N'insistez pas.

GRANDPIED. — Mais pourquoi ?

MARIE-THÉRÈSE. — J'aurais trop de mauvais souvenirs. »

Curieux bonhomme, ce Jules… petit vieux cassé en deux, il avance sur ses jambes torses en frappant le sol de son makila. Mais il s'arrête pour vous saluer, lève la tête, déplie sa carcasse, se redresse de tout son haut, ouvre le torse… et c'est un chêne. Des femmes ont dû aimer se lover dans ses bras, poser leur tête au creux de son épaule, se délecter à écouter sa voix de baryton léger dire ces fadaises qu'on adore, caresser de l'index la crête de son nez busqué d'Apache si séduisant. Je le soupçonne d'avoir été un Prince charmant qui a fait rêver des Princesses idiotes. Je m'en méfie donc et lui témoigne une certaine froideur – qu'il ne remarque pas plus qu'il ne remarque la vive contrariété qui se lit sur la physionomie de Gisèle, car non seulement Jules ne s'intéresse pas à elle, mais il lui vole son amie Marie-Thérèse et le privilège de pousser le fauteuil. La jalousie la dévore. Elle les regarde. Ils sont dans leur bulle. Leurs apartés rieurs la mettent hors d'elle. Tout à coup, elle passe à l'attaque et envoie un coup de menton en direction de Jules.

« Non mais qu'est-ce que vous espérez ?

— Que suis-je censé espérer selon vous ?

— Vous marier avec elle, par exemple ? »

Il éclate d'un grand rire qui attire les regards sur nous. Marie-Thérèse hausse les épaules et lève les yeux au ciel : « Arrêtez de faire votre mouche qui se mêle de ce qui ne la regarde pas, Gisèle, arrêtez ! »

Lui : « Je vais vous dire, Gisèle : quand j'étais en prison, j'espérais, oui, j'espérais sortir et retrouver ma liberté et je comptais les jours tous les jours. Mais en dehors de cette période, je n'ai *jamais* espéré quoi que ce soit. Je me satisfais de ce que j'ai et je n'espère rien de plus. »

Prison ?

Gisèle a buggé, regard fixe, bouche ouverte. Moi, comme toujours dans les cas graves, je reste impassible mais je gamberge : qu'est-ce qu'il a bien pu faire pour mériter la prison ? Je me méfie de cet homme... Sur l'écran noir de mon cinéma intérieur défilent des scènes de torture de vieilles dames à la Stephen King. C'est stupide et irrationnel, je sais, il n'a certainement pas commis de crime aussi grave, mais c'est plus fort que moi, je l'imagine en tortionnaire et assassin. Un ange passe. Ravissante dans son chemisier rose, Marie-Thérèse sourit, heureuse, semble-t-il, comme si elle n'avait pas entendu ou que le mot eût glissé sur elle comme la pluie sur les plumes d'un canard. C'est elle qui rompt le silence.

« Après le café, Jules va pousser mon fauteuil dans le parc pour prendre l'air, n'est-ce pas Jules ?

— Vos désirs sont des ordres, Majesté.

— Venez avec nous, Alexandrine, je voudrais que vous racontiez à Jules votre conte de *La Belle au bois dormant* avec le *splatch !*. Et Jules vous racontera l'histoire des clous. Je l'aime beaucoup. L'histoire, je veux dire.

— Racontez-la tout de suite, dit Grandpied, parce que moi je n'irai pas dans le parc, vous n'avez pas besoin de moi et moi j'ai à faire. » (Elle est vexée que Marie-Thérèse ne lui ait pas proposé de se joindre à la sortie.)

Histoire des clous, racontée par Jules

« Un homme voulant guérir son fils de ses colères lui donna un sac de clous, un marteau et une planche de bois. "Chaque fois que tu te mettras en colère, lui dit-il, plante un clou dans cette planche." Les premiers jours, le petit garçon planta beaucoup de clous. Peu à peu, il en planta moins. Un jour, il n'en planta plus du tout. Alors son père lui dit : "Désormais, chaque fois que tu auras passé une journée où tu te seras montré parfaitement patient et sans colère, retire un clou." Les clous furent un à un retirés et le petit garçon fut guéri de son mauvais caractère. Alors le père lui montra les trous laissés par les clous. "Regarde, lui dit-il, ces trous sont les blessures infligées aux personnes qui ont subi tes colères." »

Gisèle écarquille les yeux.

« Et après ?

— Après quoi ?

— Le père ne propose pas à son fils de reboucher les trous ?

— C'est pour dire qu'il y a des blessures qui laissent des trous, Gisèle.

— Ça c'est vrai. Des trous comme une balle de fusil qui entre par le front et sort derrière la tête… »

39

On frappe. Je suis tellement habituée à ce que la porte s'ouvre sans attendre que je ne réponds pas. On frappe une deuxième fois.

« Entrez ! »

Entre un ange aux joues aussi roses que sa blouse rose d'aide-soignante. Elle me dit bonjour avec un sourire adorable, m'explique qu'elle remplace mademoiselle Claudie qui est en congé maladie. Elle pointe du doigt à travers la fenêtre le gros nuage d'un blanc cotonneux qui croise dans le ciel avec des lenteurs de paquebot. « Il est beau, vous ne trouvez pas ? » me dit-elle toujours souriante. Je suis d'accord avec elle, mais ce qui m'intéresse au plus haut point, c'est d'apprendre que mademoiselle Claudie est malade. Je saute (mentalement) de joie. Mon Dieu, faites qu'elle le reste jusqu'à mon départ !

La jeune fille s'appelle Mariana. Elle est jolie, aimable, polie, pas encore usée par les conditions de travail.

Elle m'annonce qu'elle est venue me chercher pour m'accompagner jusqu'au bureau de madame la directrice. Madame Junca veut me voir ? Bizarre, bizarre. Pourquoi n'est-elle pas venue directement et en personne dans ma chambre ? Pourquoi ne m'a-t-elle pas appelée par téléphone ? Madame Junca sait aussi que je n'ai pas besoin d'une accompagnatrice pour me rendre à son bureau…

« Oui, mais je suis chargée de vous préparer en douceur.

— Me préparer à quoi ? »

En moins de temps qu'il ne faut pour l'écrire, le manège des questions se met à tourner à cent à l'heure. Me préparer à quoi ? Ça doit être grave. Quelqu'un de ma famille est mort ?… Lilette, subitement ?… Ou alors c'est un accident… Lou-Ann ?… Ou alors, suite aux dernières analyses, madame Junca est chargée de m'annoncer une mauvaise nouvelle me concernant : ils ont trouvé l'origine de mon malaise vagal, un cancer foudroyant, ma mort est programmée, il ne me reste que quelques semaines à vivre…

« Vous préparer à rencontrer les gendarmes.

— Les… gendarmes ? Mais pourquoi ?

— Ils veulent vous poser des questions pour une enquête.

— Quelle enquête ?

— Je suis désolée mais je n'ai pas le droit de vous en dire plus. »

Un court instant soulagée de ne pas mourir demain, je tombe dans l'abîme d'une autre sorte d'angoisse. Les gendarmes. Voilà. Ça y est. C'est arrivé. Ils veulent m'interroger sur la mort de Léo. Un fonctionnaire suspicieux s'est acharné sur mon affaire tel le gendarme Abgrall poursuivant Francis Heaulme, il a cherché,

cherché, cherché et fini par trouver une preuve : une trace d'ADN… un témoin qui ne s'était jamais manifesté… la première page de mon cahier tombée entre ses mains par je ne sais quel engrenage… Mes jambes flageolent.

Le bureau de madame Junca est occupé par *les forces de l'ordre* : deux gendarmes en chemise bleu ciel impeccablement repassée. Sur l'écran de mon cinéma intérieur défile maintenant le film de la déchéance qui me guette. Interrogatoire. Garde à vue. Mise en accusation. Menottes. Tribunal. Procès. Accusation. Condamnation. Prison.

Je pénètre dans le bureau à petits pas, ostensiblement appuyée sur ma canne. Les grimaces de ma bouche doivent faire comprendre que je souffre beaucoup tout en essayant courageusement de ne pas le montrer. Je veux paraître ce que je suis : vieille, inoffensive, sympathique…

Le gendarme assis dans le fauteuil habituellement occupé par la directrice (qui brille par son absence) se lève, remercie Mariana (qui sort) et m'aide à m'installer en face de lui. C'est un bel homme aux yeux bleu azur comme sa chemise.

Le deuxième gendarme, un rougeaud aux cheveux blonds coupés en brosse, à demi dissimulé derrière son ordinateur, enregistre mes nom, prénom, date et lieu de naissance.

« Veuve ?

— Divorcée. »

Zyeux bleus me demande si j'ai une idée de la raison pour laquelle il veut m'interroger. Non, aucune. Eh bien cela concerne une enquête sur des menaces de mort proférées par courrier anonyme. *(La lettre de cette idiote de Gisèle. Qu'est-ce que je lui avais dit ? Sauvée ! Je suis sauvée !)*

Je tombe des nues en toute hypocrite innocence.

« Vous pensez que c'est moi ?

— Nous enquêtons. À ce stade, nous savons seulement que le courrier émane de la Résidence. »

Je retombe des nues.

« De la Résidence ? Notre Résidence ? Excusez-moi, mais vous avez dû vous tromper d'adresse. Vous ne trouverez ici que des personnes âgées en plus ou moins bonne santé, des vieux messieurs et des vieilles dames qui ne sont pas du tout, mais alors pas *du tout* du genre à proférer des menaces de mort. On peut se laisser aller à jeter des paroles en l'air, comme ça, oui, peut-être, mais rien de sérieux, c'est absurde.

— Madame Grandpied compte parmi vos amies, non ?

— Gisèle Grandpied ? C'est elle que vous soupçonnez ? Je la connais depuis trois mois, nos chambres sont mitoyennes, nous prenons nos repas à la même table et nous jouons au Scrabble une fois par jour, je ne crois pas que cela suffise à qualifier notre relation d'amitié. Nous sommes en bons termes, disons.

— Vous parlez souvent avec elle ?

— Oui, bien sûr.

— Que savez-vous de son chien ?

— Son chien ? *(Écarquillement des yeux)* Son chien ? Mais… mais… son chien est mort !

— Vous savez de quoi il est mort ?

— Vous avez de ces questions !… Attendez… il me semble qu'il a été empoisonné… quelque chose comme ça…

— Effectivement, c'est ce que mademoiselle Grandpied a déclaré lorsqu'elle a déposé une plainte qui n'a pas eu de suite, faute de preuves. Or la personne qu'elle soupçonnait a reçu dix lettres anonymes assorties de menaces de mort.

— *(Quoi ? Dix lettres ?)* Ne me dites pas que vous soupçonnez Gisèle !

— Elle ne vous a pas parlé de ces lettres ?

— Non, jamais ! Gisèle a quelques… comment dire ?… l'âge, vous savez… on a tous quelques problèmes de santé… de lucidité parfois… mais quant à écrire des lettres anonymes et proférer des menaces de mort, c'est pour moi tout simplement impensable, c'est… c'est abracadabrantesque. »

Zyeux bleus tique. Il me dévisage. Il évalue ma sincérité. Mon « abracadabrantesque » était forcé, je n'ai pas joué juste. Attention.

« Votre profession ?

— Retraitée.

— Et auparavant ?

— Interprète de conférence. Puis traductrice indépendante. Puis cheffe d'entreprise.

— Quelle entreprise ?

— Une scierie.

— Où ça ?

— À Saint-Geours. La scierie Lassègues. »

Il hoche la tête. Il connaît la scierie. C'est une affaire respectable. Très connue dans la région. Du coup il a envie d'en savoir un peu plus. Je lui fournis des réponses minimales qui aiguisent sa curiosité et le poussent à continuer de me questionner. C'est ce que je souhaitais. Je me laisse tirer les vers du nez.

J'ai travaillé pour le ministère de la Défense et l'OTAN, je parle couramment cinq langues, j'ai voyagé dans le monde entier, eu affaire à des généraux, des ministres et des chefs d'État (je cite Jimmy Carter et James Callaghan) ; j'ai mis au monde une petite fille et, pour rester près d'elle (je passe sur les véritables raisons du changement d'orientation de ma carrière), j'ai renoncé à mes voyages et j'ai démissionné. Je me suis séparée de mon mari, ça arrive. Dès lors j'ai fait, à domicile, de la traduction de documents commerciaux. Puis j'ai hérité de la scierie de mon oncle et je suis devenue cheffe d'entreprise. J'ai pris ma retraite à l'âge de soixante-dix-huit ans, il y a sept ans de ça, mais je mets encore le nez dans les affaires.

La scierie, le ministère de la Défense, l'OTAN et le président des États-Unis lui en bouchent un coin. Je détecte un étonnement respectueux sur sa physionomie. J'en profite pour réitérer ma confiance en l'innocence de Gisèle Grandpied, mais ça, il s'en fout. Quoi qu'il en soit il ne me pose aucune question sur mon ex-mari, et c'est tant mieux. Mon interrogatoire est terminé. Zyeux bleus se lève, m'accompagne à la porte, me tend la main.

Gisèle attendait son tour mais je n'ai pas pu lui parler car Zyeux bleus l'a fait entrer aussitôt. Ça s'est mal passé. Elle a paniqué, l'interrogatoire a dégénéré tout de suite. Tandis que je m'éloignais, je l'entendais hurler : « Honte à la gendarmerie ! Honte à la Justice ! Honte à la République ! La *res publica*, ha ! ha ! ha !, tu parles Charles ! La guillotine ! *Shack !* Qu'un sang impur abreuve nos sillons !... »

Ils n'ont pas réussi à la faire taire ni la raisonner. Elle est actuellement dans le service de neurologie de l'hôpital, de l'autre côté du parc. J'ignore les conclusions du gendarme.

40

La célébration du centenaire de Marie-Thérèse a été repoussée d'une semaine en raison de l'épidémie de gastro qui fait rage dans les intestins des résidents. Ni Marie-Thérèse, ni Jules, ni moi n'avons été contaminés, nous croisons les doigts.

Il pleut.

Gisèle Grandpied a disparu dans le service de neurologie. On est sans nouvelles. On ne peut pas la voir.

Je lis, je surfe sur Internet, je regarde la télé, je fais des mots croisés et des sudokus, je parle au téléphone avec ma cousine Lilette, je pense, j'attends. La gentillesse de l'adorable Mariana apporte un peu de miel et de lumière dans ma vie de résidente. Chaque matin, je rends grâce au Seigneur pour la mauvaise grippe qui a mis mademoiselle Claudie hors circuit.

Je ne vois pas beaucoup Marie-Thérèse. Jules et Sa Majesté ont beaucoup à se dire en tête à tête et ça tombe bien : sachant que je vais quitter la Résidence très bientôt, je partirai sans la tristesse de la laisser seule.

41

Neuf jours plus tard (mon départ ayant été une fois de plus différé pour raison d'analyses)

Un événement s'est produit. Un événement inimaginable. Un événement tragique qui a frappé de stupeur tous les habitants de la Résidence. Je suis encore sous le choc. Un homme est mort d'une chute fatale. C'est troublant (le mot est faible). Je pense à Léo dont la chute avait eu lieu juste après mon anniversaire… Je n'en dors plus.

Acte 1 de la tragédie

Pour les cent ans de Marie-Thérèse, Jules, Mariana et moi, avec la complicité de ma cousine Lilette, avons organisé une première petite fête ou plutôt un goûter, entre nous, dans ma chambre.

Une guirlande tant bien que mal punaisée au-dessus de la fenêtre, une bougie, une bouteille de champagne, des flûtes en cristal, un gâteau basque, des gougères au fromage et un pot de pensées violettes posés sur mon petit bureau couvert d'une nappe blanche damassée, plus deux cadeaux enveloppés de papier doré en évidence sur mon lit, et le vieux combiné radiocassette de Jules par terre ont transformé ma chambre en salle de fêtes. Enfin, un paquet de cigarettes parce que Marie-Thérèse et moi on s'était dit qu'on s'en grillerait une petite en conclusion du goûter.

Le champagne, les flûtes, la nappe, le gâteau basque, les cigarettes, le cendrier ainsi que mon cadeau personnel avaient été apportés par ma cousine Lilette. Les bougies et le pot de pensées par Mariana, sa mère avait préparé les gougères – un régal.

Jules avait sculpté un arbre d'une vingtaine de centimètres de haut qu'il avait appelé « le Petit Papa ». Sur ses ramures, avec du fil de couture, étaient accrochées d'incroyables minuscules feuilles aux folioles dentelées comme celles d'un marronnier, d'une délicatesse exquise. Marie-Thérèse en a eu les larmes aux yeux. Jules a réalisé son œuvre en secret, dans sa chambre, avec le morceau de tilleul qui gonflait sa besace le jour de son arrivée. Avec le recul je m'étonne de ne m'être posé aucune question sur ce morceau de bois incongru. Rien en tout cas ne pouvait laisser imaginer ce dont il était capable. Le petit arbre est extraordinairement joli. Marie-Thérèse, bouleversée, murmurait : « Ô mon Petit Papa ! Personne ne le coupera celui-là. »

Le petit arbre a presque éclipsé mon cadeau : une boîte à musique que mon oncle Émile m'avait offerte, il y a… je ne sais plus… les années se chevauchent dans une chronologie désordonnée que j'ai de plus en plus de mal à remettre en ordre… c'était en… je ne sais plus… jadis… il y a longtemps… si longtemps… dans une vie antérieure…

(Il était génial, tonton Émile, si drôle, si gentil, si généreux, si… Halte aux épanchements lacrymaux. Sortons la dernière boîte de Mon Chéri de la penderie et consolons la nostalgie avec la cerise imbibée de liqueur qui repose dans son cocon de chocolat craquant en attente d'être croqué – répétez à toute vitesse : le chocolat craquant en attente d'être croqué.)

Si Marie-Thérèse n'a pas manifesté pour ma boîte à musique un enthousiasme égal à celui qu'elle a manifesté pour le petit arbre de Jules, Mariana l'a admirée comme la petite fille qu'elle est encore, fascinée par la minuscule danseuse en tutu qui virevolte avec grâce sur la musique du *Lac des cygnes.* Elle a remonté le mécanisme pour la faire danser je ne sais combien de fois, tant et si bien que Marie-Thérèse lui a dit : « Je ne peux pas vous la donner aujourd'hui parce que c'est un cadeau d'Alexandrine et qu'elle me plaît beaucoup à moi aussi, je la garderai dans ma chambre, mais je vous la donne pour après ma mort. » Et, sur-le-champ, elle a tenu à coucher cette volonté sur une feuille de papier que j'ai arrachée à mon cahier. Jules et moi avons signé. Sur quoi nous avons coupé le gâteau basque, Jules a fait sauter le bouchon du champagne et nous avons trinqué : « À notre centenaire ! » en chantant « Joyeux anniversaire Marie-Thérèse ». Puis Jules a enclenché une cassette de musique.

La voix veloutée du ténor des Platters a arrêté le temps. Dès les premières notes, un souvenir de surprise-partie m'a ramenée au temps de ma jeunesse. La mélodie a attiré le visage de mon flirt de l'époque et mes joues d'adolescente sont devenues plus roses que les carreaux de la jupe en vichy que je portais ce jour-là. Jules s'inclinait devant Marie-Thérèse : « Vous dansez, ma mie ? » Il l'a soulevée comme une plume et la tenant contre lui de son bras vigoureux, ses pieds à elle posés sur ses pieds à lui, ils ont dansé le slow. J'ai allumé une cigarette – j'ai arrêté de fumer il y a trente-cinq ans mais de temps à autre… Mariana riait aux éclats en me tapant dans le dos parce que les premières bouffées me faisaient tousser… lorsque la porte s'est ouverte. Madame Seringa ! Elle a poussé un cri horrifié.

« C'est pas v'ai ! Mais c'est pas v'ai ! Mé'de alo's ! Mé'de ! Mé'de ! J'y c'ois pas ! Qu'est-ce que c'est ce bo'del ! Un vé'itable t'ipot ! Madame Dumas, vous allez déclencher l'ale'te incendie avec vot' ciga'ette ! Madame Etcheba'ne, vous dansez ? Qu'est-ce que c'est cette sa'abande ? »

On n'a eu qu'un regret : l'absence de Gisèle dont nous sommes toujours sans nouvelles. Malgré cela, la petite fête a été une réussite. Et nous arrivons à l'acte 2 que je raconterai demain. *(Je suis fatiguée, j'ai envie de me coucher et de m'endormir avec* Only You *qui chante dans ma tête...)*

42

Acte 2

CÉLÉBRATION DU CENTENAIRE
DE MARIE-THÉRÈSE ETCHEBARNE

16 h : ouverture de la salle.
16 h 30 : discours du maire.
17 h : goûter.
17 h 45 : le « lieu de vie » doit être préparé pour le dîner des résidents.

(Ce timing signé de madame Junca était scotché à l'entrée du « lieu de vie »)

Il est seize heures. Que la fête commence !

Dans le couloir, j'ai été doublée par le pas énergique d'une grande femme imposante taillée comme la Castafiore : jambes maigres, poitrine volumineuse, bijoux voyants, un sac Vuitton pendu à son bras replié. Je n'ai pas vu son visage, je n'avais aucune idée de qui elle était. Elle a poussé devant moi la porte battante du « lieu de vie » et s'est exclamée d'une voix forte : « Ah bé, si elle n'est pas contente avec ça ! » Hernandez, qui discutait à l'intérieur avec la journaliste du *P'tit Basque*, s'est retourné pour lui répondre :

« Est-ce qu'on sait jamais, avec elle ? Est-ce qu'on sait jamais ? D'ailleurs, tiens, elle devrait être là mais elle n'y est pas, ça t'étonne ?... Alors, comment tu trouves la déco ? C'est sympa, non ?

— C'est suuuperbe ! Bravo la banderole ! Chéri, tu es le meilleur, comme toujours ! »

Ils ont échangé un baiser sur la bouche et il a dit à la journaliste : « Je vous présente mon épouse. Elle vote pour moi ! » Ils ont ri. La journaliste et Lydie se sont serré la pince. « Vraiment suuuperbe cette banderole ! » répétait Lydie – j'ai vu son visage rond comme la lune à moitié mangé par d'énormes lunettes à monture bleue. Aucune ressemblance avec sa mère. J'étais juste derrière, invisible je suppose, parce que Hernandez ne m'a pas saluée. J'ai fait un pas sur le côté sans attirer l'attention.

On n'avait pas lésiné sur les guirlandes, les fanions, les lampions et les bougies, mais le clou de la décoration était sans nul doute la grande banderole ornée de papillons voletant autour de ces mots dessinés par un peintre en lettres :

On n'a pas tous les jours cent ans !

Hernandez a mis rapidement Lydie au courant de la *problématique* de la photo dont il était en train de discuter avec la journaliste. Ils étaient d'ores et déjà d'accord pour faire poser Marie-Thérèse sous la banderole, entre Lydie d'un côté, madame Junca de l'autre, Hernandez derrière. Restait à décider s'il était préférable de l'asseoir sur un fauteuil de l'« espace salon », voire sur son fauteuil Louis XIII qu'on pourrait sortir de sa chambre, ou de la laisser dans son fauteuil roulant. En outre, Hernandez était désireux de faire sentir aux lecteurs du journal *l'ambiance sympa* de cette petite célébration et il lui semblait nécessaire de montrer qu'il y avait du monde. Mais où placer les personnes présentes ? Autour, derrière ou devant le buffet ? « Devant ! Devant ! » disait Lydie. Oui mais si on les plaçait devant on ne verrait plus le buffet et ses amuse-bouches symétriquement disposés de part et d'autre de la somptueuse corbeille de fleurs offerte par la mairie. « L'idée est de faire une photo qui pourrait être intitulée *Que du bonheur à la Résidence Biarritz Bonheur*, vous voyez ce que je veux dire ? Je ne vous souffle pas le titre de votre article, pas du tout, la presse est libre et indépendante, c'est un principe sacré que je suis le premier à respecter, ceci dit si ce titre vous plaît, prenez-le, je vous le donne volontiers et sans droits d'auteur, hi ! hi ! je plaisante… c'est l'idée, vous voyez ce que je veux dire ? » La journaliste a assuré qu'il n'y avait aucun problème, qu'elle shooterait la centenaire sous des angles différents et qu'on choisirait la photo *la plus parlante.* « Encore faut-il que ma belle-mère accepte un shooting, vous ne la connaissez pas, elle déteste les photos, vous ne pourrez pas lui dire : on en fait une ici, une autre là, et encore une autre là, souriez, on la refait. C'est une Basquaise pur jus. Vous ne la commanderez pas. Je l'adore, mais elle n'est pas facile tous les jours. »

Madame Seringa, le kiné, madame Pète-Sec et le sous-directeur ont fait une arrivée en tir groupé. En découvrant la transformation de la salle, ils n'ont pas ménagé leurs oh, leurs ah et leurs félicitations à Hernandez qui, toute la Résidence le savait, était l'organisateur en chef de ce tralala. « C'était la moindre des choses pour la mère de mon épouse », disait-il, en souriant à Lydie. Le gendre idéal.

Le buffet, dressé sur trois tables mises bout à bout et recouvertes de nappes aux couleurs du drapeau basque (rouge, vert et blanc), avait un air pimpant accentué par la corbeille de fleurs multicolores qui trônait en son centre et prenait beaucoup de place, comme pour compenser la chicheté des amuse-bouches (cacahuètes, chips, olives, bouchées de pizzas et de quiches lorraines). Mais c'était voulu, disait madame Junca, les résidents ne devaient pas se goinfrer et avoir l'appétit coupé pour le dîner. D'autant qu'après les cacahuètes et les pizzas, on aurait aussi un gros gâteau à la crème avec une bougie qui ferait des étincelles lorsqu'il serait apporté au moment propice par Hernandez qui entonnerait « Joyeux anniversaire, joyeux anniversaire, joyeux anniversaire Marie-Thérèse, joyeux anniversaire ». Et tout le monde chanterait, et on ferait sauter le mousseux et… musique ! On avait pensé à faire venir le chœur Oldarra pour chanter quelques chants basques mais on y avait renoncé (trop cher, trop compliqué, pas assez d'espace). À la place, le kiné avait proposé une compilation de chansons des années cinquante qu'il collectionnait…

16 h 15.

Outre le couple Hernandez, la journaliste, madame Seringa, madame Pète-Sec, le kiné et le sous-directeur, j'ai vu arriver madame Junca, le docteur Trucmuche,

Blanc-Bec, Mariana, deux autres aides-soignantes, une secrétaire et une dizaine de résidents. On papote en grignotant des chips et des cacahuètes, Dalida chante *Come prima*, on n'attend plus que Marie-Thérèse et Jules.

16 h 40.

Entrée du maire qui serre les mains des uns et des autres et s'étonne de ne pas voir la centenaire.

Madame Pète-Sec envoie Mariana prier Marie-Thérèse de venir sans plus tarder.

Mariana revient peu après avec un papier qu'elle remet à Hernandez – qui le lit, s'écrie : « C'est pas vrai ! Mais c'est pas vrai ! » et le passe à sa femme après s'être claqué la cuisse avec des pfff excédés. « J'y vais, qu'est-ce que tu veux… » Lydie a lu à voix haute : « Je suis au belvédère. Si Henri ne vient pas de suite voir les travaux à faire pour le garde-corps, moi je ne viens pas à l'anniversaire, un point c'est tout. » Lydie lève les yeux au ciel. « Ma mère, c'est ça. Ça sera ça jusqu'à son dernier souffle. Il faut qu'elle mène son monde par le bout du nez et sinon, caprice… »

Nous avions à plusieurs reprises évoqué ce garde-corps toujours pas réparé, mais j'ignorais que Marie-Thérèse avait médité cet ultimatum – préparé avec Jules, probablement. La coquine ! Je riais sous cape. Trop forte notre centenaire !

On attendait en grignotant des chips et des cacahuètes.

On regardait l'heure.

Je m'ennuyais.

Ça durait.

Tout à coup, le factotum a surgi en faisant des grands gestes saccadés et en hurlant des mots incompréhensibles (j'étais à l'autre bout de la salle, j'entendais mal). Madame Junca a poussé un cri strident, a pivoté pour chuchoter quelque chose à l'oreille de Lydie, qui à son tour a poussé un cri strident. Elles sont sorties précipitamment et, dans les secondes qui ont suivi, le docteur, le kiné, madame Pète-Sec, Blanc-Bec, madame Seringa, la journaliste, les aides-soignantes, tous se sont rués dehors.

Hernandez est mort.

Il est mort, il est bien mort, on n'y croit pas mais si, il est mort.

Non. La vérité de la vérité de ce que je me dis texto est : bon débarras. Et Lydie ? M'en fous. Compassion zéro pour les cancrelats (pardon les cancrelats) qui ont spolié mon amie Marie-Thérèse.

C'est la brutalité du passage de la vie à la mort qui me choque.

Il faut mourir, comment l'ignorer… ? je ne passe pas un seul jour sans y penser. Mais à peine ma mortelle condition s'est-elle rappelée à ma conscience que l'éternité qui est en moi me la fait oublier. La journée s'écoule comme si je n'étais pas vieille, comme si je n'avais pas un pied dans la tombe, comme si une longue vie m'attendait encore. Sauf que la mort se manifeste de plus en plus souvent près de moi, elle me frôle, elle me nargue et m'oblige à me souvenir que je suis un être ô combien éphémère…

Il a fait une chute de vingt mètres. Les sauveteurs ont réussi à l'hélitreuiller et le transporter à l'hôpital (c'est vite écrit). Dans l'hélicoptère, il a dit : « Poussé », avant de tomber dans le coma. Il est mort dans la nuit.

Marie-Thérèse a expliqué que Jules se tenait derrière son fauteuil et qu'Hernandez, à quatre ou cinq mètres devant eux, examinait le bord du belvédère lorsque soudain… c'était arrivé très vite… il avait glissé, il avait crié « Aaaaah ! » et ils avaient entendu un *splatch !* quand le corps s'était écrasé au sol.

Jules a été longuement interrogé. On a su que dans sa jeunesse il avait été condamné à six ans de réclusion criminelle pour attaque à main armée mais que, par la suite, il n'avait jamais récidivé. Menuisier, marié, deux enfants, il a mené une vie tout ce qu'il y a d'honnête et sans histoires. Il aurait échoué à la Résidence après le décès de sa femme et la donation de ses biens à ses enfants.

L'enquête n'est pas encore bouclée.

Dernier jour

Je rentre chez moi demain.

J'ai proposé à Marie-Thérèse de retourner au belvédère avant mon départ. J'aurais compris qu'elle refuse de m'y accompagner, que l'émotion provoquée par la mort d'Hernandez soit trop vive. Mais elle a accepté aussitôt. Jules pousserait son fauteuil. On s'en doutait.

La lumière était cristalline, l'horizon à portée de main. « Comme l'air est bon ! » s'émerveillait Marie-Thérèse en fermant les yeux.

On est restés silencieux pendant quelques minutes. Puis j'ai rompu le silence.

« Je peux vous poser une question ?

— Posez, a dit Marie-Thérèse. On verra si je vous réponds.

— Hernandez, il a glissé… comment ?

— J'aime mieux ne pas répondre. »

Jules n'a pas ouvert la bouche.

J'ai demandé à voir Gisèle Grandpied. On aurait dit que je demandais à rencontrer Dieu. Réponse sans véritable surprise : c'est impossible (impossible est terriblement français). Elle croupit au fond d'une chambre d'hôpital comme Casanova croupissait dans les geôles de la prison des Plombs (je suis en train de relire ses *Mémoires*), dans la solitude et la nuit de son esprit, ça vous fend le cœur, mais que faire ?

Adieu Gisèle.

Adieu Biarrritz Bonheur.

J'ai le blues.

II

Lettre à Léo

Cher Léo,

Avant de boucler ma valise et d'offrir à monsieur Bic des vacances bien méritées, je vais utiliser ces dernières pages pour t'écrire. Après, je glisserai mon cahier dans une enveloppe kraft à tes nom et adresse, je l'emporterai dans ma valise et, une fois chez moi, je la rangerai dans le premier tiroir de mon bureau – où je lui souhaite un séjour aussi long que possible, un an, dix ans, quinze ans... jusqu'à l'heure de mon grand départ. Quelqu'un alors fouillera mon bureau et trouvera l'enveloppe. Un mot priera cette personne de bien vouloir te l'expédier, à condition que tu sois toujours vivant, naturellement (avec dix ans de moins que moi, tu as tes chances), et en capacité de lire, ce dont elle devra s'assurer. Pour le cas où on ne te retrouverait qu'en cendres dans une urne ou en tas d'os sous une pierre tombale, la personne devra brûler l'enveloppe sans l'ouvrir. Mais la curiosité la poussera peut-être à ne pas la brûler, à l'ouvrir, à lire mon cahier et à en faire ce que bon lui semble, après tout... !

Mais je vais supposer que :

Tu m'as survécu.

Tu n'es pas gaga.

Tu as reçu l'enveloppe.

Tu en as extrait le cahier.

Tu as lu que je t'ai tué (avec quelle hargne !) et que je te fais jouer certaines scènes dans lesquelles tu ne te reconnais pas.

Tu es stupéfait. Tu es ulcéré. Tu montes sur tes grands chevaux…

Ne t'énerve pas, tu vas comprendre (pas sûr, mais je l'espère, ça serait dommage que tu meures idiot… je plaisante).

Comme tu as pu le lire, suite à une fracture du col du fémur et sur les recommandations de mon médecin traitant, j'ai pris pension à la Résidence Biarritz Bonheur qui propose rééducation et convalescence à des personnes dans mon cas, mais aussi, je l'ai découvert sur place, des hébergements définitifs… des lits de mort, autrement dit… à des personnes âgées dépendantes qui n'ont plus de famille ou dont la famille ne sait pas quoi faire. Au cas où tu ne le saurais pas, ce type d'établissement, conçu par les talents conjugués de la politique sociale, de la finance et de l'architecture, est bâti dans une perspective de profit maximum, le bien-être des clients à l'hébergement définitif étant calculé à son coût minimum (lois économiques obligent). On y relègue des vieux qui ne peuvent plus se rebeller ou qu'il est facile de faire taire. On tire d'eux autant d'argent qu'il est possible, on confisque leur humanité, on s'en occupe à moindre coût, on les rend obéissants et, silencieusement, sans déranger personne, ils s'enfoncent dans la déchéance, ils disparaissent dans l'ennui, la souffrance et la solitude de l'état auquel ils sont réduits. Biarritz Bonheur, youpi ! La fin de vie dans ces mouroirs est un cauchemar. Je me suis mise à écrire pour m'occuper et me distraire parce qu'après trois jours là-dedans, on a envie de se flinguer. Pour ça, j'ai acheté un cahier et un Bic.

Écrire, mais écrire quoi ?

Ma vie ? Pendant une semaine je me suis couchée de bonne heure pour préparer dans ma tête les phrases que je rédigerais le lendemain : *Je m'appelle Alexandrine Dumas, je suis née à Biarritz le 17 janvier 19..., mon père ceci... ma mère cela...* C'était insipide, c'était d'une banalité insupportable, alors je rallumais la lumière pour lire le livre que ma cousine Lilette m'avait apporté et manger des chocolats. Il ne m'a pas fallu longtemps pour réaliser que je ne possédais pas le centième du millième du talent d'un Proust pour tirer de ma vie un récit supportable à la lecture. Je me suis ennuyée moi-même. Mais alors, qu'est-ce que j'allais bien pouvoir écrire ?

Un conte ? En voilà une bonne idée ! J'ai toujours aimé les contes. Les fées, les Princesses et le Prince charmant ont consolé tant de fois mes chagrins de petite fille ! « Il était une fois »... et alors... et puis alors... et puis rien. Je ne suis plus une petite fille, j'ai passé l'âge des contes de fées. Le Prince charmant, j'en ai soupé.

Là-dessus, un soir à la télé, hasard du zapping, je t'ai vu avec Lou-Ann. Je ne m'y attendais pas. Ça m'a bouleversée. J'étais triste et furieuse, et je n'ai pas dormi de la nuit. Le lendemain, j'ai ouvert mon cahier et c'est venu comme ça, spontanément, je te jure, d'un trait j'ai écrit cette histoire de Prince charmant qui se transforme en crapaud que j'assassine… « aaaaah ! »… *splatch !*… c'est sorti comme ça, entre rire et colère, je te jure – j'en riais tout seule en me goinfrant de Mon Chéri !

Après, vaille que vaille, j'ai donné une suite à ce commencement. Souvent interrompue par les intrusions de la Résidence qui pénétrait et s'imposait dans mes pages comme mademoiselle Claudie dans ma chambre, je noircissais les lignes de mon cahier au fil inconstant des jours, jour après jour, page après page, Gisèle, Marie-Thérèse, Jules et tous les autres se sont ainsi glissés dans mes pages et y ont pris place sans que je l'aie décidé vraiment. J'ai pris l'habitude d'écrire ce qui se présentait et j'y ai pris goût.

Écrire a fait remonter des oubliettes des mots, des scènes, des personnes… et toute notre histoire. J'ai revu l'idiote romantique, naïve et prétentieuse, qui voulait une vie idéale, qui voulait l'impossible, qui voulait la lune. Et je t'ai vu toi, Narcisse amoureux de son image, qui se contemplait dans le miroir et voulait se faire admirer du monde entier. Le résultat de notre coup de foudre, tu le connais. Bientôt nous avons formé un couple ordinaire au quotidien affligeant, dont le lien pitoyable ne se justifiait plus que par la présence de Lou-Ann.

J'ai repensé à Odile. Tu te souviens d'elle ? Pas sûr. Odile. Un joli visage prématurément fané. Des cernes bleuâtres. Un air de chien battu. L'épouse effacée de ton meilleur ami, le brillant banquier… le fêtard en smoking à qui tu présentais des starlettes… l'enfoiré qui t'a aidé à m'escroquer… le salopard égocentrique et cupide… le pervers narcissique qui frappait sa femme… ton âme damnée.

Avant que ce type ne fasse irruption dans notre existence, nous nous maintenions dans une moyenne convenable – toi normalement infidèle, normalement macho, normalement pas très honnête, moi normalement insatisfaite, normalement maussade, normalement revendicative. Puis vous êtes devenus intimes. Vous ne vous quittiez plus. C'était belles fringues portées par beaux messieurs et alcool, haschich, cocaïne, sexe, virées de boîte en boîte jusqu'au petit matin, puis retour à la maison et scènes de ménages. Odile et moi sommes devenues amies. Nous nous épanchions sur les deux sales types que nous avions épousés. Le sien devenait de plus en plus brutal. Il la frappait. Elle avait peur qu'il ne l'étrangle. Je t'en ai parlé. Tu as rétorqué que ces ragots de bonnes femmes ne t'intéressaient pas. Quand elle a échoué à l'hôpital (le nez fracturé et elle a failli perdre un œil), tout ce que tu as trouvé à dire c'est que comparée à elle j'étais vernie. Tu t'en souviens ? Non, je parie.

Et l'arnaque sur mon appartement, tu ne t'en souviens pas non plus ? Il y a prescription, diras-tu. Ce sont de très anciennes affaires qui ne concernent plus le type impeccable que tu es devenu, d'anciennes forfaitures qui appartiennent à un passé révolu. Allez ! tu as bien dû y penser quelquefois, non ? Peut-être te repentir un peu ? Bah, pas trop, j'imagine. Tu as dû te pardonner tout seul, puisque tu n'as jamais jugé nécessaire de me présenter tes excuses ni de me demander pardon. D'un autre côté, comment me présenter des excuses sincères sans proposer de me rembourser ce que tu m'as volé ou, au moins, me demander une amnistie fiscale ? Ta malhonnêteté profonde et ton orgueil narcissique t'empêchent de te repentir. Je comprends. Tu n'es pas responsable.

Je croyais avoir fait table rase du passé, je croyais notre histoire ensevelie, je me croyais débarrassée de ma négativité, je croyais ne plus éprouver pour toi qu'une indifférence lointaine, qu'une espèce de neutralité sans affect, mais il faut croire que je baignais encore et toujours dans l'illusion… peut-on jamais se débarrasser des illusions ? Il m'a suffi de t'apercevoir à la télé en compagnie de Lou-Ann pour qu'explose ma colère que je croyais éteinte.

C'était sur Arte, dans un documentaire sur le festival de Cannes qui avait eu lieu quatre ou cinq mois auparavant. La caméra filmait le hall du Carlton, elle se baladait sur l'assistance, elle a zoomé sur toi et sur la jolie femme qui t'accompagnait : Lou-Ann ! Je t'ai trouvé vieux mais élégant, sapé comme un George

Clooney, le cheveu dru, le ventre plat, tu transpirais l'aisance, le type qui fait du sport et entretient sa forme, tu es célèbre, on t'admire, tu signes des autographes, le destin dont tu rêvais s'est accompli (au prix que tu m'as coûté, espèce d'enfoiré ! pensais-je, avec la mesquinerie que tu m'as si souvent reprochée).

Lou-Ann portait une robe rouge coquelicot, elle était magnifique, elle et toi étiez souriants, rayonnants, pétants d'orgueil d'être là. Elle avait traversé l'Atlantique pour être à tes côtés alors qu'en sept ans, depuis notre dernière rencontre, elle n'avait pas trouvé le temps de venir me voir en Aquitaine une seule fois. Et comme le jour où elle est partie vivre avec toi chez Sharon, mon cœur l'a mal supporté. La crise de tachycardie a duré une semaine.

De toi et de ton maudit ami banquier, j'ai fait un seul personnage : le Prince charmant. Il a inspiré monsieur Bic qui s'est chargé de venger mes rancœurs et le nez fracturé d'Odile du même *splatch !*. Voilà l'histoire. Maintenant une question : en lisant mon cahier, as-tu envisagé un seul instant de te jeter au pied de mon urne funéraire pour demander pardon à mes cendres ? Je ne crois pas. Et moi, au fait, en relisant mon cahier, ai-je éprouvé quelques remords de t'avoir tué comme je l'ai fait ? Aucun. Je vais te dire mieux : ça m'a fait tellement de bien de te tuer que la nuit dernière j'ai rêvé de nous. Figure-toi qu'on s'embrassait. Si ! Si ! Je te jure.

Quant à Lou-Ann… mon cœur a repris son rythme de croisière et je ne lui tiens rigueur de rien, ni des choix qu'elle a faits dans le passé, ni de n'être pas descendue à Biarritz lors de son dernier saut en France. Je ne te cache pas que j'espérais… la vie sans espérance est-elle possible ?… et que j'ai été déçue… une fois de plus. Mais comme tu as pu le lire, je me suis consolée en inventant sa visite (c'est ma cousine Lilette qui nous a conduites au marronnier de Marie-Thérèse) et j'ai passé d'agréables moments à mettre en scène cette visite fictive. Monsieur Bic est un magicien.

Je vais conclure.

Lève les yeux vers le ciel, Léo. Vois ! Je suis le feu follet qui court (sans déambulateur ni canne) entre la lune, les étoiles, les satellites, les OVNI, les anges, Dieu, Bouddha, le père Noël, les Saintes Vierges, les petits Jésus et les milliards d'êtres humains qui avant moi ont rejoint l'existence mystérieuse des atomes et des astres. Coucou !

Quand tu seras mort, viens donc me rendre visite. Je te présenterai à Marie-Thérèse – morte dans son sommeil moins d'un mois après que j'ai quitté la Résidence. Elle farniente éternellement sous son marronnier en compagnie de d'Artagnan et regarde Gisèle Grandpied lancer à Dagobert une auréole usagée qui lui sert de nonosse : « Attrape, Dagobert ! Attrape ! » Toi et moi nous prendrons un bon bol d'air cosmique et, de notre belvédère céleste, nous regarderons le spectacle des humains s'agitant là en bas. Nous ne regretterons rien.

Bon, allez, quittons-nous à jamais… adieu !

(Sauf à nous retrouver dans une vie ultérieure, qui sait ?)

Agur !

Alexandrine

P.-S. : Je dois à la vérité d'avouer qu'Hernandez a pâti lui aussi de l'encre vengeresse de monsieur Bic. Il a fait une chute au belvédère dans les circonstances que je raconte, mais s'est seulement cassé la jambe. Ça n'était pas assez. J'ai brodé.

III

On ze road

Ma valise est bouclée.

J'attends Lilette.

Bien qu'elle nous ouvre les portes de l'éternité et des espaces infinis, la mort a un inconvénient : elle nous prive des histoires terrestres et des détails qui en sont le sel, dont raffole notre curiosité sans cesse taraudée par des questions de toutes sortes. Par exemple (à l'échelle cosmique, les questions que je me pose en cet instant sembleront dérisoires, assurément), je me demande si oui ou non Léo lira ce cahier. Si oui, quelle tête fera-t-il ? Et qu'est-ce qu'il en pensera ? Et est-ce qu'il le lira jusqu'au bout ? Ou est-ce qu'il le jettera rageusement après quelques pages ? Et s'il ne le lit pas, qu'aura fait la personne qui aura trouvé l'enveloppe dans mon bureau et ne pourra la remettre à Léo parce qu'il est décédé ? L'aura-t-elle détruite ? L'aura-t-elle ouverte ? Aura-t-elle lu mon cahier ? Fait lire à je ne sais qui ?...

J'ai beau traîner à écrire un peu n'importe quoi en attendant Lilette, histoire de ne pas penser à l'angoisse qui m'étreint chaque fois qu'il faut partir. Où que l'on soit, on n'est que de passage. *(Interruption)*

Post-scriptum de l'auteur

Il ne faut pas chercher la Résidence Biarritz Bonheur à Biarritz. Elle est inventée. La résidence qui m'a inspirée se trouve dans une autre ville et s'appelle autrement, toute ressemblance avec des personnes vivantes ou disparues devant relever de la pure coïncidence et d'un non moins pur hasard, n'est-ce pas ?

Mes pensées vont à Aimée C., qui a été une centenaire délicieuse, et à Heidi, qui, à ce jour, survit douloureusement dans une chambre dont elle ne sortira plus.

Je pense aussi à Mariana, Sandra et Samantha, qui font un travail difficile avec un dévouement et une douceur que j'admire.

Merci à Nan, qui a trouvé le titre.

Merci à Chantal, Mireille, Marie-Foy, Annette, Lydia, Sabine, Jacqueline, Pierre, Anne…, qui ont eu la gentillesse de lire mon manuscrit et m'ont donné leurs avis appréciables.

Uzès-Biarritz, décembre 2019

Composition et mise en pages
Nord Compo à Villeneuve-d'Ascq

Imprimé en France par CPI
en juin 2022
N° d'impression : 2065642

Pocket – 92 avenue de France, 75013 PARIS

S32307/01